与最聪明的人共同进化

CHEERS

HERE COMES EVERYBODY

爱哭鬼小隼

泣き虫ハアちゃん

〔日〕河合隼雄 ◎ 著
〔日〕冈田知子 ◎ 绘
蔡鸣雁 ◎ 译

浙江人民出版社
ZHEJIANG PEOPLE'S PUBLISHING HOUSE

玩也是学习

林少华
著名文学翻译家、学者

《爱哭鬼小隼》是河合隼雄的遗作。一九二八年出生的河合是日本荣格派心理学权威、日本临床心理学的奠基者。他也是著名文化学者，一度出任日本文化厅长官。

说起来，因为翻译村上春树作品的关系，我同河合至少"相识"十五年了。据我所知，不喜欢同人交往和应酬的村上也还是有两位朋友的。一位是原哈佛大学教授杰·鲁宾（Jay Rubin），另一位就是河合隼雄。村上写完《奇鸟行状录》之后同河合对谈了四次。四次对谈中，多少涉及儿童教育的内容，出现在他同村上围绕《在约定的场所·地下2》的两次对谈中。虽是只言片语，但见解显然不同凡响。例如，关于学习或用功，他宣称"若说拼命用功就能变得了不起，那就更是天大的谎言，纯属无稽之谈"。还说日本教育的一个严重问题，就是从上小学就开始用功，以致忽略了"人生智慧部分"的学习，"用功这东西是同人生毫无关系的东西"。相反，他认为玩也是成长："孩子们总是在大人看不见的地方以孩子的方式干着坏事成长的。"一句话，玩也是学习。

这本书可以说是这一教育理念的形象表达，有趣，有理，有益。或者说，河合隼雄是以这一想法来写《爱哭鬼小隼》的。小隼和同学打架了，又为此撒了谎。妈妈严肃地告诉他打架没关系，但撒谎绝对不行（见"青山的小周"）。在"义侠黑头巾"中，孩子们在橡树林里扮演古代义侠耍枪弄棍，舞剑操刀，打得难解难分，度过了格外愉快的一天。"去河边吧"中的河边更是让人开心，一伙男孩子脱得光溜溜地跳进水里嬉戏，上岸又跑着躲马蜂，在小屋里避雨。雨后"阳光洒落下来，照着田间的水稻和岸边的树木，看上去闪闪发光"。在"秘密基地"中，小隼和同学们在危险的护城河边玩耍时被校长看见了，本以为会受到严厉训斥，没想到校长在他们保证不再重犯之后夸奖他们是"很出色的孩子"——冒险精神和认错勇气受到鼓励，小隼的眼泪夺眶而出。

玩也是学习——这一教育理念也可以从《给未来的记忆：河合隼雄回忆录》得以印证。如他父亲认为，孩子们的本分就是玩，只要尽兴玩就好。他还为此给孩子们立下规矩：只能星期六在家看书，其余时间必须出去尽兴玩耍。在父亲的影响下，一家人看重的是生活的实质和快乐，以及人与人之间的交流，而不是拼命学习以求出人头地。有趣的是，说事与愿违也好，阴差阳错也罢，兄弟六人长大后都事业有成——一家人用结果证明，玩也是学习。读这本书，除了有趣，如果说还能给我们带来启示，我想莫过于这一点。

不得不承认，当下中国的父母和中国的孩子忽略的，恰恰是这一点。

【推荐序二】

爱哭的孩子，需要爱也珍惜爱

迟毓凯
华南师范大学应用心理学系副教授

精神分析大师荣格小时候父母经常吵架，而他也常有些奇思怪想，做些稀奇古怪的梦。

人本主义大师马斯洛小时候天资聪慧，但因长得丑而自卑，爸爸还火上浇油地和大家说："你们见过比他丑的孩子吗？"

行为主义大师斯金纳小时候，因为讲了一句脏话，妈妈就立刻把他揪到卫生间，用涂满肥皂的湿布洗刷他的嘴。

他的父亲，为防止他犯错误，多次带他去监狱参观。

……

是不是心理学家都有与众不同的童年？

《爱哭鬼小隼》描述的也是一位心理学家的童年故事，不过这回不是展现一段诡异的时光，而是充满了温情与怀旧气息的岁月记录。它是心理学者河合隼雄珍藏内心的童年记忆，这本书，也是这位日本著名的临床心理学家的最后著作。

众多鲜活的故事让人印象深刻，开篇的第一则，就说小隼自小是个爱哭鬼。小孩子哭一哭本无所谓，不过在当时的日本，男孩子哭是件丢脸的事，所以小隼由此变得自卑。在自己喜欢的幼儿园老师调走之后，小隼又像女孩子一样哭起来了，他很不好意思。一个因为敏感爱哭而自卑的男孩，父母如何去教育？

妈妈充满爱心与智慧的一句话，就让小隼放下了沉重的心灵包袱："小隼，真正悲伤的时候，男孩子也可以哭的呀！"因为妈妈的一句话，小隼不再讨厌自己了，而且努力去寻找自己爱哭的原因，当再次遇到别人因为自己哭泣而奚落时，他勇敢地说："就算哭了又有什么！……反倒是哭的孩子更了不起呢！"小隼接纳了自己的情绪，由自卑转向了自信。

巧的是，在我阅读《爱哭鬼小隼》之前，恰好经历了自己孩子的哭闹事件。事情很简单，我的儿子小迟刚上幼儿园，虽不是爱哭鬼，但也是当哭则哭。他在家里和妈妈的关系最好，有点儿黏妈妈。前几天妈妈上班，要爸爸送幼儿园，小迟妈妈前脚一走，小迟不忍分离，就哭起来了。

不同于小隼妈妈，对付小迟哭鼻子，我采用的是"更科学"的"理性唤醒法"。因为孩子在哭泣时，是"情绪大脑"在起作用，情绪的表达在此激活。不过，人还有一个"理性大脑"，负责理性思考。"情绪大脑"和"理性大脑"常常此消彼长，通俗点儿说，哭的时候不理性，理性的时候就会忘了哭。所以，小迟哭的时候我是提了几个无厘头的问题，如："喜欢的游戏玩到第几关了？""是喜欢空战游戏还是赛车游戏啊？"借此激活他理性的大脑。一思考，小迟"情绪大脑"没那么活跃，也不哭了。

虽然也顺利解决了孩子的哭泣问题，甚至利用的是"高级"的脑科学知识，但是，和小隼的妈妈一比，高低立判。别看只是简单的"男孩子也可以哭的呀"一句话，它既与孩子充分共情，也表达了对孩子的认可和支持，以至于多年以后，在小隼成长为著名心理学家的时候，妈妈的这句话一直长存于他的脑海，也成为河合隼雄童年记录第一则故事的标题。

爱哭的孩子，是聪明的。爱哭的孩子，是敏感的。爱哭的孩子，需要爱也珍惜爱。

这个爱哭的小男孩是幸运的，周围有活泼的兄弟，爱他的老师，严厉的爸爸，慈爱的母亲。对我们的孩子，我们又给营造了一个什么样的成长环境？

子女教育，不仅要有科学的技术，更重要的是要有情感的温暖与交流。

《爱哭鬼小隼》，有爱，有温情，有故事，有启发。

【译者序】

这里，有我们共同的童年

蔡鸣雁
青岛科技大学日语系副教授

接触河合隼雄先生的《爱哭鬼小隼》完全属于机缘巧合。当我读第一个小故事的时候就被深深地吸引，也许说被深深地打动更为贴切。一口气读完之后，第一个想到的是我要把里面的故事讲给我的女儿听，让她和我一起分享。当得知这本书的译者还未尘埃落定之时，我兴奋极了，马上向湛庐文化的关雪菁老师申请翻译的机会。试译时想的是，即便没有机会成为本书的译者，我也要翻译给我的女儿看，因为这是一本难得的好书。

作为译者，我想谈一谈对这本书的感受。首先，这不仅是一本写给孩子看的书，同时也非常适合各个年龄段的大人阅读。翻开这本小书，清新宜人的彩色插图很容易勾起怀旧的情绪，那里面隐约包含着我们童年的片段，交织着欢乐、趣味、忧伤……而那些温情脉脉的文字，唤醒了沉睡在我们心底的童年记忆，瓦蓝瓦蓝的天空、记忆中那格外伟岸与茂密的大树、一望无际的田野、潺潺的溪水，还有那些飘落在风中的串串笑声和点点泪水……童年永远是每个人珍藏在心底的一道最亮丽的风景，离我们渐去渐远却又让人不忍放手。每个人的童年固然不尽相同，但童年的欢笑、童年的泪水、童年的趣事又构成了一段所有人共同拥有的美好时光。我想，《爱哭鬼小隼》里面有我们共同的童年。

前面说过，我希望我的女儿成为本书的读者。我想，也许每一位家长都像我一样希望孩子拥有健康快乐的童年，也都曾经在孩子受到挫折和打击时有过手足无措，我们希望欢笑永远伴随孩子一路走下去，希望他们纯净的心灵远离忧伤和阴霾。河合隼雄先生是一位优秀的临床心理学家，《爱哭鬼小隼》是他以自己的童年为蓝本的心血之作，作者从独特的心理学角度重新审视童年的天地，通过一个个有趣的小故事走进孩子的心灵世界。看似天真烂漫的孩子其实也有很多在大人看来无足轻重但在孩子眼里却无法排遣的烦恼，他们除了开心的笑，也会有羞怯、恐惧、焦躁、不安、怀疑、退缩……

《爱哭鬼小隼》就是这样一本书，让孩子更了解自己，也让大人在找回童年记忆的同时更贴近孩子的心灵。希望读者朋友和我一样喜欢这本书，希望读到这本书的家长朋友更了解自己的宝贝，希望小隼爸爸妈妈的育儿经能让我们有所感悟。当然，最最希望的还是小读者们能和我的女儿一样，对这本书爱不释手，从中受益。

翻译的过程并不轻松，难免出现不够尽善尽美之处，恳请读者朋友不吝赐教，欢迎就翻译问题进行切磋，再次表示衷心的感谢。

最后，衷心感谢湛庐文化的各位同仁让我结缘这本难得的好书，还要特别感谢恩师林少华老师对我的悉心培养，感谢我的学生史美丽、崔娇、王菲在译稿打印整理过程中提供的帮助。

扫码下载"湛庐阅读"App，
查看作者对日本传统神话传说的独特解读。

主要人物

小隼（城山隼雄）	城山家的第五个儿子，敏感易哭。
爸爸	一名受六个儿子爱戴的牙科医生，严厉而民主。
妈妈	一位用温暖的母爱包裹着六个儿子的母亲。
小齐大哥（齐）	城山家的长子，深受弟弟们尊重。
小直哥哥（直）	城山家的二儿子，经常给小隼提供坦率的意见。
小正哥哥（正雄）	城山家的三儿子，大名鼎鼎的孩子王。
阿道哥哥（道雄）	按照年龄紧挨着小隼的哥哥。
小乙（乙雄）	小隼的弟弟，城山家最小的孩子。
小周	小隼最喜欢的同学，从东京搬来。
小拓	小隼的同学，有点儿狡猾。
小君	小隼同班的女孩子，慢慢变得坚强。
克拉伊博先生	小隼家的德国邻居，与小隼很投缘。
广田老师	小隼四年级时的班主任，与小隼不投缘。
小美（川崎美津子）	在学校文艺汇演排练时认识的漂亮女孩子。

目录

男孩子也可以哭的呀

小隼名叫城山隼雄，家里清一色六个男孩子，他排行老五。

有件事令小隼极为苦恼，自己是个爱哭鬼。他平时倒也开开心心、精神抖擞的，可是一旦因为什么事心里"倏"地一阵感动，就再也忍不住了。无论怎么咬牙坚持，眼泪还是会不听话地流下来。

小隼出生于昭和三年（一九二八年）。随着小隼渐渐长大，军人势力羽翼渐丰，"男孩子不可以哭"的观点流行全国。有人对小隼说什么"哭鼻子的家伙不是男子汉哟"。小隼明明是个爱哭鬼，却比别人加倍地好强不服输。

他很努力，在任何事情上都不愿输给别人，然而一旦哭起来可就功亏一篑了。小隼极其讨厌自己是个爱哭鬼。

他心想："为什么偏偏只有我是个爱哭鬼呢？"毕竟其他兄弟五人没有一个爱哭。非但如此，他们个个擅长体育，三哥小正打架还很厉害，是左邻右舍中的孩子王。

朝气蓬勃的兄弟们都很优秀，个个心地善良，谁都不会嘲笑爱哭鬼小隼，有时候还会袒护他。

小隼虽然在上幼儿园，但他很喜欢动脑筋。"为什么偏偏只有我……"他百思不得其解。每当他心生疑问的时候，都会去问小直哥哥，小直哥哥经常对他说："说的也是啊……"有一次，小直哥哥这样回答："咱们兄弟里面只有小隼你是这样的吧？不可能是遗传啊！"

"遗传？"

小直哥哥这回说的话似乎很深奥，小隼没怎么听懂，总之好像不是与生俱来的，所以他决定试着去问妈妈。小隼寻思着找个时间问问看，但他一是难为情，二是觉得妈妈太忙了，一来二去也就没有问。

小隼也隐约听小正哥哥说过："幼儿园嘛，只是玩，

3

爱哭鬼小隼
泣き虫ハァちゃん

4

其实大可不必去的啦。"其实小隼也不想上幼儿园。入园仪式上，小隼黏着妈妈不肯离开，让妈妈左右为难。

然而，一旦去了幼儿园，小隼一下子就喜欢上了那儿。这都是因为班主任桑村雪子老师。桑村老师温柔漂亮。小隼家里全是男孩子，所以他只消看见年轻漂亮的女性，便会晕头转向。

桑村老师会对小隼说："城山君的声音真好听呀！"小隼每次听后都会喜不自禁。城山一家人都喜欢唱歌，妈妈弹奏脚踏风琴，全家人和着风琴齐声放歌。小隼和哥哥们一起唱歌时记住了很多歌词，颇为此而洋洋自得。

在幼儿园的院子里，小隼一边看着樱花纷纷扬扬如雪花般飘落，一边兴致勃勃地唱着歌。幼儿园上学和放学都要唱歌。放学时唱的歌是这样的：

> 今天的功课结束了，
> 大家结伴回家吧。
> 明天还要来到这里，
> 做功课或者玩耍吧。

亲爱的老师，祝您一路平安，再见了。

亲爱的小朋友，祝你一路平安，再见了。

小隼边唱边想着明天也要早早来幼儿园，只是见到桑村老师，就让他很开心了。小隼觉得老师也格外疼爱聪明伶俐且长着一双滴溜溜、炯炯有神的大眼睛的自己——爸爸有时叫他"橡果眼①小隼"。

可是，到了绕着初中运动场的那一圈白杨树的叶子开始泛黄的时候，桑村老师突然辞掉了幼儿园的工作，听妈妈说，老师嫁到了一个叫"芦屋"的遥远的地方。

大家都集合到幼儿园的游戏室欢送桑村老师。小隼什么都没有听到，为了忍住夺眶而出的眼泪，他拼命咬着下唇。可是，当小隼看到女孩子在眼前哭泣的刹那间，他再也忍不住了，泪水哗哗地淌下来，呜呜咽咽，泣不成声。

"男孩子哭了。"——女孩子们用像看怪物的眼神看着他。虽然小隼好强不服输，但他直到今天依然做不到以眼还眼地回敬女孩子们。

小隼擦干眼泪，确认自己看上去没什么异样之后才回

① 日语中用"橡果眼"形容眼睛大而有神。——译者注

家。他不想让家里人知道自己在幼儿园哭了。

吃午饭的时候，妈妈柔声问小隼："今天为桑村老师举行欢送会了吗？"

"嗯。"

小隼赶紧绷起脸，装作漠不关心，可是妈妈又继续问。

"有没有小朋友哭啊？"

"嗯。女孩子嘛！"

小隼感觉体内正在发生某种奇异的变化。他把眼睛转向房间里的神龛，仿佛那是一件稀奇的东西。妈妈却轻轻地对他开了口。

"小隼，真正悲伤的时候，男孩子也可以哭的呀！"

小隼再也忍不住了，眼泪止不住地流了下来。最后，他把脸埋进妈妈的膝头哭泣。妈妈的膝头又温暖又柔软。

到目前为止，小隼没有从任何人口中听到过"男孩子也可以哭的呀"之类的话语。

莫名地，小隼似乎不再讨厌自己是个爱哭鬼了。他远

远地望向院子，那棵爸爸引以为傲的五叶松泰然自若地挺立着。小隼心想：或许我也很快就能爬到五叶松上面了吧？小正哥哥能爬到五叶松上，可这对小孩子来说太难了，小隼爬不上去。

"为什么偏偏只有我是个爱哭鬼呢？"

小隼突然想到了这个问题，问妈妈。

"小直哥哥说了，不是遗传。"

妈妈似乎有点儿迟疑，犹豫着要不要说，最终还是开了口："这个嘛……"

这时，妈妈的眼里似乎也闪着泪光。小隼吃了一惊，移开视线看向院子。不知何故，五叶松看上去仿佛也没了精神。

妈妈说："不知道小隼你还记不记得了，弟弟小明两岁时就夭折了。那时，妈妈伤心不已地哭泣，小隼也跟着一起号啕大哭。"

妈妈继续说："葬礼的时候，要往外运棺木了，小隼挡在前面，大声喊，'不能放他们走！'小隼一边哭一边拼命阻拦棺木出门，连大人们都让你弄得潸然泪下。"

小隼已经什么都不记得了，但他的脑海里陡然浮现出和小明一起玩耍的情景。小明身穿甚平和服外褂①，挥舞着木棍，扮成士兵的模样，边跑边喊："冲啊！"

妈妈当时穿的是和服，记不清和服的样子了，不过非常美丽。妈妈一边慈爱地笑着一边用目光追随着小明奔跑的身影。小隼也不甘示弱，操起一根木棍样的东西跑了起来，大喊着："冲啊！"那可真是开心极了，快乐极了。

然而，小明生病夭折了。妈妈深受打击，每天都在佛龛前一边流泪一边不停地唱安魂歌，再也无心做其他事情了。每逢此时，小隼总是陪伴在妈妈身边，和妈妈一起哭泣，模仿着妈妈唱安魂歌。妈妈的心灵因此得到了莫大的慰藉。妈妈对他说："也许小隼就是因为这件事情才变成一个爱哭鬼的吧？"

听妈妈讲着讲着，尽管好像还有点儿不明所以，但小隼觉得就算是爱哭鬼"也无所谓了"。妈妈似乎也如释重负，两个人都感觉心情舒服了一点儿。

"好了小隼，打起精神，去外面玩吧。"

① 日本传统和服的一种，多为棉麻质地，通常为男性或儿童在夏天穿着的家居服。——译者注

11

妈妈正说着，传来了"小隼，咱们玩吧"的声音。隔壁的阿孝过来招呼他了。

"拿着，和阿孝一起吃吧。"

从妈妈那里接过银杏饼干，小隼高高兴兴地出去了。

阿孝接过饼干，心情大好。

"吃完饼干，咱们做草饼吧？"

按照阿孝的提议，他们在房子院墙外面的岩石上把草捣碎，和上土做草饼。两个人做着草饼，阿孝打开了话匣子。

"今天给桑村老师开欢送会了吧？"

"嗯。"

小隼应道，有点儿担心起来，说不准自己哭的时候被阿孝瞧见了呢！有只蜻蜓飞了过来，小隼忙说："呀，蜻蜓！蜻蜓！"

他企图转移阿孝的注意力，可是阿孝摆出一副"休想拿那种事转移我的注意力"的架势，说："告别的时候你哭了，是吧？"不仅如此，他还用带着蔑视的眼神和指责的语气说："只有女孩子才哭的吧？"

　　到了这会儿，小隼好强不服输的性格爆发了。小隼将做好的草饼扔到地上，说："就算哭了又有什么！真正悲伤的时候，男孩子也可以哭的。反倒是哭的孩子更了不起呢！"

　　哭的孩子了不起——太夸张了吧？尽管阿孝心里这样想着，却被小隼气势汹汹的态度吓到了，因为小隼很少发这么大的火。

　　"小隼，你真会做草饼呢，咱们接着做吧！"

　　阿孝讨好地说，将被小隼扔掉的草饼捡了起来。我才不会因为这种话上当呢——小隼睁大橡果眼，想要瞪向阿孝，然而他做不到。体内似乎"倏"地一阵感动，他赶忙将目光从阿孝身上移开，抬头仰望天空。染上秋色的石榴树叶映入眼帘，那树叶也仿佛浸入天际一般。

02

橡树果实咕噜咕噜

"桃子班的小朋友们，请全部集合到小蓝班来！"

随着小蓝班久保老师的喊声，小隼所在的桃子班的孩子们全部来到了小蓝班。他们挤在狭小的空间里，摆好椅子坐下来。

"因为桃子班的桑村老师辞职了，今后桃子班和小蓝班就合在一起了，我是你们的老师。"久保老师说。

小隼莫名觉得又难过又生气。桑村老师不在了，这本来就让他难过极了。而且，小隼不怎么喜欢久保老师。

"什么嘛，长了一张涩柿子一样的脸。"小隼心想。

柿子的品种五花八门，久保柿子是最普通的一种。其他还有很多，比如富有柿子①等。小隼家种了很多品种的柿子，秋天摘来吃真是种享受。久保柿子便宜且数量多，而且其中时不时夹杂着涩柿子，咬上去涩得很，只好忙不迭地"呸呸"吐掉。小隼由久保老师的名字联想到久保柿子，他还任性地断定久保老师像涩柿子。

和桑村老师相比，久保老师可怕多了，总让人觉得她好没意思。哪怕久保老师跟自己说话，小隼也会别过脸去，心想："什么嘛，好无聊啊！"

虽说如此，但小隼酷爱唱歌，所以他跟着久保老师的风琴精神抖擞地唱歌。这种时候，小隼不会把脸扭到一边。

可是，让小隼苦恼的是，久保老师喜欢的歌曲里面有一些正是他讨厌的。

　　妈妈正在睡午觉，

　　脸上微微泛着樱花般的颜色。

　　窗外的小雪飘啊飘。

就是这首歌。小隼觉得这是妈妈生病了的歌。他想，

① 跟前面的"久保"一样，"富有"也是柿子的品种。——译者注

17

妈妈大白天里还在睡觉，必定是生病了。她的脸是因为发烧才变得绯红，外面还下着雪呢，是感冒了吧？

小隼还想说，"歌曲的旋律让人心烦意乱"。将"心烦意乱"说成"忧伤苦闷"或许更为贴切。总之，小隼愤愤地想：久保老师为什么偏偏喜欢这么悲伤的歌曲呢？

歌曲里面当然也有小隼喜欢的。比如，他极其喜欢《橡树果实咕噜咕噜》这首歌，在家里也经常唱。

"橡树果实咕噜咕噜，好'该'心。"

每逢小隼唱起来时，连爸爸都兴致盎然，一起跟着唱。

"今天是星期六呀，晚上好像全家人都要到洋馆集合呢！"

阿道哥哥兴致勃勃地悄声告诉小隼。小隼满怀期待。晚饭后，爸爸果然说："今天全体到洋馆集合吧！"

"哇！"孩子们欢呼着，开始动手准备。

城山家有时会搞这样的家庭聚会，特别以星期六居多。城山家的房子相当大。父亲当初毅然决定建了这么一所大房子，当时附近的人们甚至问"这是要建学校

18

吗"。其中一间是罕见的西式房间，城山家的孩子们管它
叫"洋馆"。

"那不叫'洋馆'，而是应该叫'洋室'！"

小直哥哥稍微长大一些之后，不容置疑地大声宣布。
小隼他们也不明所以地跟着叫起"洋室"来，但那时候依
然称它为"洋馆"。"洋馆"的墙壁雪白雪白的，地上铺着
地毯，窗上挂着时尚的窗帘，屋里还有带扶手的高级椅子。
"全家集合"时椅子不够用，孩子们便把学习用的椅子搬
进来预备着。墙上装饰着画。

"那可是油画呢！"小正哥哥曾经告诉过小隼。

的确，画装帧在金灿灿的匾额里，对于当时只知道软
蜡笔和水彩画的孩子们来说，看上去可是个绝顶稀罕的
宝贝。据说这幅画上画的是小学校园里的法国梧桐，是
爸爸在绘画高手高山老师的某个展览会上买下来的。整
个房间时尚且漂亮，但孩子们不可以随便出入。

所谓的"周六全体集合"，就是全家人集合到这间洋
室，妈妈弹奏风琴，全家人一起跟着唱歌。妈妈毕业于师
范学校，还当过小学老师，所以风琴弹得有模有样。城

山家有架脚踏风琴，这在当时的乡下十分罕见。妈妈弹
的就是这架风琴。

　　这天，小隼开心极了，唱起《橡树果实咕噜咕噜》这
首歌。

　　　　橡树果实咕噜咕噜，滚呀滚。

　　　　掉进池塘里，哎呀糟糕！

　　　　泥鳅出来了，

　　　　小家伙，今天咱们一起玩耍吧！

　　　　橡树果实咕噜咕噜，好"该"心！

　　　　他们一起玩了一"鬼"儿，

　　　　可是它哭了，说依然眷恋着大山，

　　　　这让泥鳅犯了难。

歌唱完了，全家人一起鼓掌。

这时，阿道哥哥说："小隼，唱得真好！再来一遍吧！"

阿道哥哥这样说可太稀罕了，小隼无比高兴。可是唱

着唱着，他觉得有点儿不对劲。小正哥哥和阿道哥哥相互挤眉弄眼，乐不可支。

小隼觉得"有事儿"，却不明白个中缘由。那天大家唱了很多歌，还一起合唱了熟悉的歌曲，很开心。"啊，好开心！"小隼钻进被窝。刚要睡着，小正哥哥和阿道哥哥挤眉弄眼的情景浮现在眼前，挥之不去。

早晨醒来，小隼依然觉得不能释怀，最终决定去问问小直哥哥。这种时候，最愿意给自己耐心解释的就属小直哥哥了。尽管有时候小直哥哥会直言不讳地指出小隼的错误和缺点，让他害怕，但他却从不敷衍自己。

"这个嘛，因为小隼唱得好笑呗。"

小直哥哥马上讲了出来。

"不是'好该心'，而是'好开心'。'一鬼儿'的正确说法是'一会儿'。"

"哦——"

小隼恍然大悟。

"阿道哥哥和小正哥哥笑的应该就是这个吧。"

"可是，爸爸总是和我一起唱'橡树果实咕噜咕噜，好该心'呢。"

"爸爸那样唱，是因为觉得小隼可爱呀！"

"哦——"

"小隼，唱歌的时候你得想想歌词的意思呀！"

最后，小直哥哥对小隼提出了劝告。

"要想着意思唱吗？"

小隼佩服不已。可是，当小隼想着歌词意思唱的时候，他发现了一件可怕的事情。

"橡树果实咕噜咕噜能不能回到家呢？"小隼担心起来。

连泥鳅都犯了难，小隼仿佛亲眼见到了在泥鳅面前呜呜哭泣的橡树果实。慎重起见，小隼去问帮佣的阿姐。

城山家有两个帮佣的阿姐。妈妈帮从事牙医工作的爸爸打下手，而且家里有六个男孩子（原本七个来着），非常累，所以家里请了两个帮佣。

小隼单只是想到那枚回不了家的橡树果实，眼泪就要夺眶而出了，所以他想，还是不要去问哥哥们吧。小隼的哥哥全都心地善良，前面已经写过，他们没有一个爱哭，而且个个健康能干。担心橡树果实回不了家，这事儿总让人觉得"女孩子气"。话虽如此，小隼的担心另当别论。

因此，小隼打算去问阿姐。阿竹看上去似乎靠不大住，小隼觉得她有可能说"这种事我可不知道"。总觉得阿好看上去温柔善良，考虑事情也有深度，所以趁着阿好织毛衣的时候，小隼悄悄问她。

"掉进池塘里的橡树果实吗？"

"是啊，回不去了。"

阿好的回答带搭不理的。听到这话的瞬间，小隼心里咯噔一紧。这可太危险了！小隼从阿好身边跑开，确认二楼的儿童房里没有人之后，在角落里坐了下来。

"好可怜呀！"

小隼的眼泪汩汩地涌出来。橡树果实回不了家，独自一人在哭泣。

小隼听见楼下小直哥哥正在唱他最喜欢的歌。

"做个真正的男子汉吧！擦干眼泪吧！"

"就算你那样说，橡树果实也回不了家了呀！"

小隼泪流不止。

"小隼，你怎么了？受伤了吗？"

听到小齐大哥的声音，小隼惊跳起来。小齐大哥不知什么时候来到身边了。

"嗯……橡树果实掉进池塘里了呀！"

小隼边哭边说。

"所以你就哭了吗？小隼真是个善良的孩子呢！"

小齐大哥用温存的目光凝望着小隼。

"我觉得小隼就像橡树果实，我呢，就像泥鳅呀。"小齐大哥笑眯眯地说。

"其实呀，橡树果实回不了家也不要紧呢。"

"咦？"

"橡树果实呢，会在那里发芽，长成橡树的呀！"

小隼吃了一惊，他有点儿不明白。

"练兵场权现山山脚下的路边有棵大树，咱们不是还去那里拾过橡果吗？那个就是橡树。那棵树原先也是橡树果实呢。果实发芽了，慢慢长大，然后就长成了那样

愛哭鬼小隼
泣き虫ハァちゃん

26

一棵参天大树呢。所以嘛,橡树果实咕噜咕噜就算回不
了家也不要紧的呀!"

"咦——橡树果实就算回不了家也不要紧吗?"

"是呀,说得对。就算回不了家,如果能在那里长成
大树,不也很好吗?"

小隼渐渐理解了小齐大哥的话,不再哭了。

小隼的脸上早已万里无云了。他仿佛看见了那颗掉进
池塘里、让泥鳅大伤脑筋的橡树果实,慢慢长成了参天
大树。

"如果回不了家,那就奋发图强吧!"

小隼迄今为止还从未考虑过这样的事情。他感觉自己
仿佛听到了一句遥不可及又高深莫测的话。

小直哥哥还在唱自己的拿手好歌。

做个真正的男子汉吧!擦干眼泪吧!

哭也好、笑也好,人生短短五十年。

让我们意气风发,脚踏实地。

让我们克服重重困难，迈向希望之丘！

　　小直哥哥似乎格外喜欢最后一句。

　　他反复唱着"让我们克服重重困难，迈向希望之丘"。

小隼一边陶醉在小直哥哥的歌声里，一边想，那被称为

"希望之丘"的地方，一定长着许多许多高大的橡树吧？

03

青山的小周

　　小隼上小学了，成为一名一年级的小学生。荒卷校长
在开学典礼上讲话了。小隼总觉得"荒卷"这个名字怪
吓人的，他还觉得连那张脸都"长得像狮子"。小隼紧张
兮兮地听着校长讲话，可是太难了，不怎么听得懂。小
隼心想：十有八九是"你们要好好努力、用功学习，和
幼儿园可不一样了"之类吧？

　　他们被分成三个班，分别叫做"忠"、"孝"、"顺"。确实，
这名字好难，和幼儿园的"桃子班"、"小蓝班"完全不
一样了。阿道哥哥在"智"、"仁"、"勇"三个班里的"智班"。

　　小隼在"顺班"，班主任是山口昌子老师。她和桑村

老师不一样，没那么年轻，小隼却莫名觉得山口老师很可靠。小隼喜欢上了山口老师,总觉得她不知哪里像妈妈。

一进教室，山口老师便笑眯眯地说："今后我们一起学习吧！"她问小隼："咱们班的名字叫什么，城山君？"迄今为止，小隼的哥哥们已经有四人上小学了，他们各自都在一些事情上表现突出，在学校里很有名气，因此小隼才会第一个被老师提问。小隼很紧张。

"到！是'忠班'。"

老师好像有点儿吃惊，却说："不是'忠班',是'顺班'。城山君你是不是在心里把'忠'和'顺'等同一致了呀？大家一起来说——顺！"

"顺！"

小隼也和大家一起大声念道。

尽管说错了让人难为情，但山口老师巧妙地帮自己应付过去，真是帮了大忙呢。小隼越发地喜欢山口老师了。

小隼喜欢学习。上学之前拿到国语课本时，小隼把第一单元全部读完了。他在家里大声地读，连爸爸妈妈都很佩服。"顺班"里还有其他学习好的孩子，他们是青山的小周和吉川的小拓。

吉川的小拓在幼儿园的毕业典礼上，还作为代表致辞。他不仅功课好，各方面都很棒，也很有人气。然而，小隼却认为小拓有点儿狡猾，对他喜欢不来。小拓张嘴便能机智地说出讨班里孩子和老师欢心的话，能随机应变地做出讨他们欢心的事。尽管如此，小隼却总觉得不舒服。

青山的小周和小拓不同，他更让人觉得舒服。也许因为小周来自东京，他连语言都和大家不同，酷酷的。说"那些个不中"时，小周说的是"那可不行呀"。

小隼曾经听爸爸讲过，自己居住的筱山有座城，城里的大人名叫"青山"，至今仍然住在很久以前东京还叫做"江户"那会儿的大人的江户府邸里。他还听说，"虽然叫做府邸，其实大得没边儿，如今那里甚至建起了学校，好像叫青山学院"，所以小隼莫名觉得小周也许就是那个叫什么"青山学院"的大人物的亲戚，对他肃然起敬。

班里也有学习不好的孩子。二阶町那个名叫小君的女孩子不认得字，即便被老师提问，说的也是些风马牛不相及的话，班里的孩子们都看不起她。

上学之后过了一段日子，当学到"き"①字的时候，山口老师说："请随便说出一个以'き'字开头的词。"

"金冠"（きんかん）。""狐狸（きつね）。"……

孩子们纷纷举手回答。这时,小君"唰"地举起了手。山口老师很高兴地叫小君回答,小君满脸得意地站了起来,说道:"腌萝卜（おこうこ）。"

班里哄堂大笑。老师遗憾地说:"腌萝卜是'お'吧?小君,是和'き'字组成的词呀!"

放学后,小拓带头,好几个男孩子戏弄小君,管她叫"腌萝卜小姐"。小君眼泪汪汪地跑回家了。看着她的背影,小隼难过起来,不知不觉就要掉眼泪了。

小隼觉得小君好可怜。想着想着,小隼蓦然一惊,他意识到"腌萝卜是黄色（きいろい）的,所以小君才认为它是以'き'字开头的词"。

当天晚饭时,小隼讲了小君的"腌萝卜事件",他还说自己意识到腌萝卜是黄色的。当他说到这里时,小正哥哥立刻说:"哎呀小隼,你怎么不跟'拓混球'讲啊?"小正哥哥瞧不上小拓的时候,就管他叫"拓混球"。"嗯……

① "き"是日语假名,是构成日语文字的一种。——译者注

可是……"小隼说，心里却在想："我真是懦弱啊！"小隼打架不行。他知道，要是小拓他们边说"原来你和腌萝卜是一伙的啊"边向自己逼过来的话，他很快就会败下阵来。

在操场上玩的时候，"顺班"的孩子们玩起了跳远。男孩子们跳，女孩子围在周围看。小隼体育不行，便在一旁看。小拓在这儿也是大红人。"嘭——"他跳起来，摔了个屁股蹲儿，腿直直地往前伸了出去。于是，可以计算到他的腿伸到的地方。

"小拓，好棒耶！"女孩子们欢呼起来。

小隼心想："这么做太狡猾了"。

小隼有时候会在家里和隔壁的阿孝以及附近的孩子们一起玩奥运会游戏，连上中学的小直哥哥也会参加。他们在小直哥哥的指导下跳远、跳高、百米赛跑，玩各种各样的项目。跳高跳得好时，阿孝便高呼"万岁！万岁"，逗得小直哥哥他们哈哈大笑。小直哥哥跟大家讲过跳远的测量方法。他还提到过"着地点"之类很难的词。屁股着地之后，腿伸得再长都要量到屁股着地的地方，这才是正确的。

大家对小拓的跳远叽叽哇哇喝彩得过了头，小隼忍不住了。

"腿伸得再远都白搭，量到屁股那里才是对的嘛！"他嚷道。

"什么！"

小拓朝着小隼来了。

"不要胡说，城山！你是因为自己不会跳才阴阳怪气的吧！"

"哇——"

女孩子们一齐起哄，这下子小隼可是形势不妙了。小拓的小喽啰们也围了上来，如果小隼不当场道歉就会挨打，可是小隼嘴硬，没打算道歉。

"喂，城山君说得对啊！"

正当小隼走投无路的时候，听到了小周的声音。

"连奥运会都是这样的呢，大家什么都不懂吗？"

小拓他们被小周凛然的态度镇住，嘟嘟囔囔地退了下去。小隼心想："小周果然了不起，而且他和我不一样，很有勇气。"

小隼心想，无论是小君那次还是这一次，我真没有勇气啊！他觉得自己很可耻。

一到要放学回家的时候，大家就会取回自己放在教室外面置物架上的书包，再回到椅子上坐好。孩子们像竞争一样争先恐后地去拿书包。

一天，小隼急急忙忙地去拿书包，也许是青山的小周拿自己的书包时太慌张了，竟把小隼的碰到地上了。而且小周并没有把它捡起来，只想着拿自己的书包回到座位上。小隼看见了，感觉血"噌"地冲上了脑门。居然连小周都这么狡猾！

小隼朝小周猛扑过去，和小周扭打起来，这是他有生以来第一次打架。山口老师很吃惊，却只说了句"青山君和城山君留下来"，罚他俩站在教室里，让其他孩子先回去了。

小隼和小周都哭了。哭了一会儿，小隼觉得根本不值得为那么一丁点儿小事打架。他想：其实我明明很喜欢小周的，何必呢……小周说："对不起啊，城山君。"小隼也连忙说"对不起"，眼泪却比先前淌得更多了。

小周说："城山君你别再哭了，咱们和好吧。"

两人重归于好了。这时，山口老师仿佛瞅准了时机一样走了过来，说："和好吧，你俩可都是好孩子呀！"

小隼和小周手拉手走出校门时，下起雨来了。和小周分手后，小隼孤身一人。雨下大了，小隼骤然觉得孤独，连脚步都变得滞重。豆腐店旁边有丛竹子，竹丛里的竹子无精打采地耷拉着脑袋，仿佛把格外多的水珠滴落到小隼身上。雨水顺着腿灌进鞋子里，小隼只是低头看着下面走。

"小隼，你怎么了？"

哎呀，小齐大哥撑着伞来接自己了！因为中学考试放假，小齐今天休息。小隼回来晚了，天又下着雨，小齐大哥放心不下，出来接自己了。

"嗯——被几个高年级的家伙们围住了，我逃了出来呢。"就在一瞬间，小隼撒谎了。小君被小拓他们捉弄的情景突然浮现出来，小隼借用了那情景。

"什么！哪里的家伙？我去揍他们！"

爱哭鬼小隼
泣き虫ハァちゃん

38

小齐大哥勃然变色，拉开马上就要跑过去的架势。

"已经逃走了。"

小隼拼命地遮掩。

回到家里，妈妈也在担心地等他。听了小齐大哥的解释，妈妈说："那些坏孩子是什么人？不过好在没有受伤。"妈妈温柔地帮小隼脱下被雨淋透了的鞋子，拿抹布给他擦脚。小隼瞪着门框上木板的接缝，忍着眼泪。

"我不光是个爱哭鬼，这下还成了撒谎鬼。"

小隼觉得自己很可耻。

不过，吃点心时，他得到了自己喜欢的豆沙馅年糕，心情好多了。他和过来玩的阿孝在儿童房里玩。玩着玩着，小隼恢复了精神。送阿孝回去的时候，小隼大吃一惊。

在玄关隔壁的房间里，山口老师和妈妈正坐在椅子上说话。两个人看上去正在很愉快地交谈，可是小隼坐不住了。果然不出所料，山口老师刚一回去，小隼就被妈妈叫了过去。小隼做好会被妈妈狠批一通的思想准备。

"小隼，打次架没关系的，但撒谎绝对不可以。"

虽然妈妈的脸色很严肃，却并没有深究。妈妈的话很简短，却击中了他的心灵，回荡着余音。

晚饭时，小隼缩起身体，可是话题竟然始终没有离开他的"勇武传"。

"小隼竟然打架了呢！"小直哥哥脸上挂着放心的表情看着小隼。小隼莫名觉得四个哥哥好像正为自己从未打过架担心。

小齐大哥也笑眯眯的。妈妈和小齐大哥竟然都没提撒谎的事情呢——小隼正感到意外时，旁边的阿道哥哥对他咬耳朵说："小隼，打架没关系，但撒谎可不行。"小隼一边听着自己的"勇武传"，一边有些难为情地悄悄抹着眼泪。

04

味
噌
圣
诞
老
人

"将！"

小隼尽可能地让声音保持平静。下象棋的对手是小正哥哥。

"将军吗？你休想逃——哎？你想吃掉飞车①吗？"

小正哥哥慌了神，小隼将军飞车成功，得意洋洋。后来，他将吃掉的飞车打入敌人阵营，一气呵成地走子儿，大获全胜。

"哇——我赢了小正哥哥！我还赢了阿道哥哥，去向爸爸报告喽！"

小隼高兴极了。

① 日本象棋的棋子，跟中国象棋的"车"类似。——译者注

在城山家，孩子们让爸爸教他们下象棋，经常在家里下。小隼从小学一年级开始学，很快便上手了，现在上了小学二年级，他甚至经常赢两个哥哥。

小正哥哥一副垂头丧气的模样，出人意料地来了一招反击。

"不就是下个象棋吗？别神气哟！小隼，圣诞老人这回可是会给你送味噌汤①呢。"

小隼蓦然一惊，抗议道："怎么会送那种东西嘛！"

旁边的阿道哥哥立刻反驳他说："绝对会的呀。上次连妈妈都说圣诞老人会给你送味增汤的吧？"

"味噌汤那种东西根本不能用纸包着带来的！"

"我觉得会装进竹筒里呢。装进竹筒里的味噌汤圣诞礼物，哇——"

小正哥哥和阿道哥哥高兴坏了。小隼只能咬着下嘴唇，强忍住眼泪。除此之外，他已经没有其他办法了。

城山家在当时非常罕见地有圣诞老人光临。听说从大哥小齐小时候就开始光临了。城山家的圣诞老人有点儿奇怪，会在十二月二十四日半夜往家里四处藏礼物。孩

① 味噌，日式豆瓣酱，日本人常用来做味噌汤，即酱汤。
——译者注

子们从第二天早上天还没亮便在家里到处找，闹得沸反盈天。别的兄弟们找到了，兴高采烈，可唯独自己的找不到，搞得心急如焚、惴惴不安，找到时的高兴劲儿也非比寻常，简直没有比这个更开心的了。

因为太让人高兴了，所以圣诞老人的话题从秋天便会经常被提起。小乙弟弟早晨磨蹭着不起床的时候，妈妈就会对他说："你要是这样做，圣诞老人来的那天就会起不来的。"其中，有时也会有类似于这样的刻薄话。

在城山家的兄弟中，小隼偏食很厉害，他尤其讨厌早饭时一定要有的味噌汤。因为有利于健康，所以城山家的早饭一定会有味噌汤。阿道哥哥他们就算上学快迟到了也要吃上三碗，小隼却连一碗都对付不下。于是妈妈顺口就说了句"你要是这样做，圣诞老人就会给你送味噌汤了"。

嗨，才不会真有那种事呢——尽管小隼心里这么想，有时却也担心。这事儿可能早就被两个哥哥敏锐地察觉到了。

到小隼上小学二年级的时候，城山家的圣诞老人也已经有很长的历史了，所以流传下来各种各样有关圣诞老人的趣闻，经常被拿来谈论。有一个故事，小隼无论听多少遍都觉得不可思议。

那是小直哥哥上小学五年级的时候。小直哥哥提出："我要捉住圣诞老人。"他说，这样一来，圣诞老人如果想让自己放过他，会送很多礼物给自己吧？小隼四岁，还不怎么记事，但他隐约记得自己担心过万一圣诞老人生气，下次再不来了可怎么办呢？

极力赞成小直哥哥的人是爸爸。爸爸说这想法很有趣，可是"小直孤身一人很难捉到圣诞老人的吧？让爸爸也来帮忙吧"！

十二月二十四日晚上，爸爸和小直哥哥决定在客厅里铺好坐垫，不睡觉，坐在那里蹲守。两个人很努力，可是小直哥哥终于扛不住了，两点左右的时候睡着了。到了四点多钟，小直哥哥醒来一看，爸爸也躺下睡着了。他赶忙叫醒爸爸，爸爸说："完了完了，爸爸竟然不小心睡着了。什么！小直你也睡了？"两个人慌了神，赶忙在家

泣き虫ハァちゃん
愛哭鬼小隼

里找，结果圣诞老人已经来过了！

"真不愧是圣诞老人。可是，我们就睡了一小会儿，怎么就被他钻了空子呢？"

爸爸觉得不可思议，孩子们也认为特别不可思议。

兄弟们之间当然讨论过圣诞老人是谁。这时候，上中学高年级的哥哥们不参加，小正哥哥往下的四个人叽叽咕咕地讨论着。

"弄不好是爸爸吧？"

阿道哥哥提了出来。妈妈和孩子们都能得到礼物，可是爸爸从来没有收到过。"这一点很可疑。"阿道哥哥两眼放光。四个人面面相觑，脸上都是难以名状的微妙表情。这时，妈妈从旁边走了过去。

"咦？你们在商量什么呢？"

妈妈问。弟弟小乙回答："阿道哥哥说的啦，那个圣诞老人会不会是爸爸呢？"

"嘘——"

哥哥们连忙制止，可是为时已晚，小乙已经将阿道哥哥的见解告诉妈妈了。

"可真会动脑筋啊！"

妈妈佩服极了。

跟圣诞老人要点儿什么好呢？"我说，圣诞老人也需要准备的吧？所以……"爸爸说。按照爸爸的提议，他们共同写好想要的东西交给爸爸，由爸爸拿着，和孩子们一起到基督教堂去许愿。

爸爸说："圣诞老人恐怕也有不方便的时候，所以咱们拜托他的东西未必会全部送来，不过他还是会假以参考的吧？"

小隼很佩服，觉得"假以参考"可真是个帅呆了的说法。

今年也是，当他们把一起写好的东西交给爸爸时，爸爸开始大声宣读。

"乙雄要什么呢……皮璃球？咦？这是什么东西呀？"

"不是啦，是玻璃球"，小乙带着哭腔。他把"玻"错写成"皮"，所以才会这样。当时流行扔玻璃球玩，不过打那以后，"小乙的皮璃球"就被当成了奚落小乙的材料。

爸爸按照顺序宣读。

"咦？道雄要的是'两根羊羹'吗？专门写上"两根"，这一点真了不起哟！"

爸爸评头论足。最后，爸爸稍稍严肃了一点儿，说："今年爸爸决定也为自己求一份礼物。以前光考虑老婆孩子了，拜托圣诞老人送给妈妈和孩子们，不过这次我打算拜托他给爸爸也送哦。"

"哇……"

"爸爸许的什么愿呢？"

孩子们兴奋极了。

"爸爸想，索性拜托圣诞老人，让他看着给我送点儿合适的东西吧。"

去基督教堂许愿的时候，跟爸爸一起去的是正雄往下的孩子们，中学高年级的学生不去。爸爸在和服外面套了件当时叫作"鸢服"的披风。小隼和小乙牵着爸爸的手，小正哥哥和阿道哥哥东颠西跑地跟在后面。

他们走了出去，外面冷飕飕的，纷纷扬扬地下起了小

愛哭鬼小隼
泣き虫ハァちゃん

52

雪。从家径直走到教堂，要五分钟左右。爸爸在教堂前双手合十祈祷什么。

"不用进教堂里面也可以吗？"

"这个嘛，只要虔诚地对圣诞老人许愿，我们的心意就传达到了呢。"

小隼总觉得不可思议，但每年这样子都能传达到，所以他也就放心了。

二十五日早晨，小隼被小正哥哥和阿道哥哥叫醒。

"赶紧起来了，去找圣诞礼物吧！"两个人的眼睛里都闪着光芒。

小隼在睡衣外面套上长身棉坎肩，跟着两个人去了。洗澡间的更衣处挂着很多和服。

"这种地方最可疑了。小隼，找找看吧？"

小正哥哥今天真是热情。小隼按照哥哥的提议去摸和服，竟然碰到了一个硬东西。

"啊，好像找到了！"

小隼高兴极了，取出来一看，映入眼帘的是一个长的圆筒形的包裹，写着"隼雄，味噌"。小隼凭手感就知道，

那是一只竹筒。

"这是什么？不可能！"

话虽如此，小隼又是生气又是不安又是难过，各种感情一齐爆发了。

"呜哇……"

他放声大哭，这让暗自窃笑的小正和阿道两个人慌了神。

"小隼，这个是冒牌圣诞老人呢，快别哭了，咱们去找真的吧。"

他们拼命安慰小隼。小隼虽然觉得那个好像是冒牌圣诞老人，但还是担心。他扔掉竹筒，随着两个哥哥去继续搜寻。

"找到了！"

紧接着，在客厅桌子下面找到了小乙的礼物。

"阿道，原封不动放在那里，去把小乙带过来。"

小正哥哥命令道。

中学高年级组也起床了，家里热闹非凡。礼物依次被找了出来，小直哥哥、妈妈、小齐大哥他们都兴高采烈。

小直哥哥手拿气枪，十分开心，看上去已经没有心思再去找别的了。

接下来，小正哥哥和阿道哥哥的也被找到了。小正哥哥的礼物从小隼的双肩书包里被找了出来。

"是《少年俱乐部》的临时增刊呀！"

小正哥哥很高兴，可小隼却心急如焚。或许圣诞老人就是给我送的味噌吧——小隼都快哭出来了。

"那个绝对是冒牌圣诞老人。首先，圣诞老人不可能写上'味噌'的吧？"

小正哥哥拼命安慰他，连自己礼物的内容都顾不上查看，努力帮小隼寻找。

"小隼，快来快来！"

小齐大哥从洋馆里喊。小隼往小齐大哥一动不动指着的地方一看，只见油画后面有个包裹。

"哇——他也来找我了！"

小隼感激地说。打开一看，正是自己许愿的"趣味花牌"，还有牛奶糖。这时，一直在拼命帮小隼寻找的小正哥哥大喊："书房上面有个奇怪的东西呢！"

"我认为是伞。"

正如小正哥哥所说，那是个又长又粗的圆筒。一看，上面写着"英雄"，原来是爸爸的。

打开一看，那是一个感觉足有一米长的棒形蛋糕。爸爸一副感激涕零的表情，说："圣诞老人的国度里可真是有了不起的东西呀！"的确，没有人见过这么怪异的蛋糕。

"圣诞老人不是爸爸就此得到验证了哟！"小直哥哥用不容置疑的声音威严地说。

05

义侠黑头巾

出了城山家，往西北走二十分钟，有座宪兵队的房子，房子后面便是农田。沿着田间小路大约再走十分钟就到了权现山山麓。绕着山麓往西北方向走，可直达筱山连队的练兵场。进入练兵场，万一有演习可就麻烦了，所以权现山山麓周边以及山上——说是山，其实很小，便成了城山家孩子们的宝贝游乐场。那里长着柞树，是采集昆虫标本的风水宝地，还能无拘无束地玩拼大刀等游戏。

今天又是小正哥哥一马当先，率领一队孩子走在权现山山麓的道路上。小正哥哥是个孩子王，统率众多孩子玩耍很在行。他已是中学一年级的学生，按常理应该从孩子王的位子上退下来了，但由于他威望太高，不能轻易退位。况且，小正哥哥自己也想采集昆虫标本，还有很多其他想做的事情，岂能轻易退位。

"路太窄了，当心点儿，小乙！"

头儿小正哥哥向被人称为"圆柚子"的冈山发号施令。孩子们玩耍的时候必定会带上小乙，但小乙毕竟只有三岁多，无法和大家一起行动，所以必须有人担任小乙的"看护人"。于是，便由因体型原因被称为"圆柚子"的小学三年级学生冈山负责了。

正如"圆柚子"这个名字似的，冈山是个妥善的人，又喜欢小乙，所以这个角色正适合他。在将类似事情全都安排妥当这件事上，孩子王小正哥哥不愧为一把好手。

"好了，大家一起唱歌了！"

小正哥哥一声令下，全体成员便开始兴致勃勃地唱起了歌。他们唱的是《鸽子咕咕叫》，歌词却完全被篡改了。仔细听听孩子们的歌吧。

咕咕咕，

放屁了。

哎呀，放的屁好臭！

哈哈哈哈哈……

歌声在孩子们的笑声中告一段落。《鸽子咕咕叫》本是一首曲调单一的歌。

"小小哥、小小哥！"

阿道哥哥招呼道。

把小哥哥喊作"小小哥"，阿道哥哥一直这么称呼小正哥哥。

"我想出了第二段呢！"

"是吗？那你就唱来听听吧。"

于是阿道哥哥得意洋洋地大声唱了起来。

啊啊啊，

哎呀好臭！

臭大姐的屁，

哎呀好臭！

"哈哈哈哈哈……"孩子们笑得前仰后合。隼雄和朋友小周佩服极了，心想："阿道哥哥真了不起呀！"

关于"臭大姐"，或许需要作点儿说明。"臭大姐"指的是蝽虫。采集甲虫类标本的小正哥哥曾经发现过一只极为漂亮的虫子，喜出望外地捕捉到手后，却发现它臭不可闻，与放屁虫相比可是有过之而无不及。

"不要碰这些臭大姐。"妈妈对不知如何是好的小正哥哥说。

后来看了图鉴，得知这种虫子叫"蝽虫"，孩子们却认为还是妈妈老家的方言"臭大姐"要生动形象得多，所以城山家统一称之为"臭大姐"。

孩子们一边因《放屁虫和臭大姐之歌》笑得前仰后合，一边走近一行人最初选定的目标——柞树。这里是城山家的宝贝狩猎场。

"呀，大紫蝶！"

阿道哥哥眼尖，发现了一只大紫蝶。不错，一只大紫蝶正忽闪着翅膀，拼命吮吸着树的汁液。

孩子们全都敛声屏气，却听见小正哥哥喊："不要捉！翅膀破了。"

小正哥哥就这么一句话，便没有一个人动手了。手拿捕虫网的阿道哥哥惋惜地盯着大紫蝶。

小正哥哥刚刚开始收集昆虫的时候，弟弟们跟着他胡乱捕捉蝴蝶和甲虫，可是最近他们似乎对捕杀昆虫产生了一种类似于犯罪感的情感，不再捕捉翅膀破损和寻常无奇的昆虫了。孩子们无论从哪个方向端详柞树，都只看见那只翅膀破损的大紫蝶和常见的黄斑蝶。

"今天没有好的呢。"

说着，孩子们决定集体来到橡树下，借着树荫稍事休息。他们穿着短袖衬衫和短裤，头戴麦秸草帽或夏季遮阳帽，轻装上阵，中学生小正哥哥穿的则是长裤。盛夏的太阳热辣辣的，连杂草好像都散发着闷热的气息。

过了一会儿，小正哥哥一声令下："黑头巾游戏开始啦！"

大家都站了起来，各自截下一段合适的芒草，纷纷开始"打造"刀具。

高垣眸的《义侠黑头巾》是城山家孩子们共同喜爱的读物，以书为蓝本玩黑头巾游戏真的好开心。

保皇志士山鹿士行被幕府幽禁，他的孩子三叶和珠三郎被迫过着苦难的生活。反面角色青江下野守和他手下的武士们想方设法意欲加害于他们俩，义侠黑头巾从天而降，救了他俩。

小正哥哥当黑头巾，阿道哥哥当青江下野守，角色一向这么分配。其余的角色视参加者的情况而定。

"小隼来当三叶吧？"

阿道哥哥恶作剧地说。

小隼犟嘴说："我才不干呢。我要当珠三郎！"

他在强调"谁要扮演个女孩子呢"，其实心里却暗想：三叶这个角色蛮有趣呢！其他孩子当了青江下野守的手下，青山的小周另当别论，得到了清川八郎的角色。

"好吧，开始——"小正哥哥话音未落，小乙说话了。

"我当什么呢？"

大家全都被这个问题难住了。老实说，小乙太小了，纯属累赘，但又不能扔下他不管。阿道哥哥想出了一个绝妙的好主意。

"你当三位卿好了。三位卿可是京都的朝臣，是最大的官呢。"

于是小乙心满意足地当上了三位卿，和随从"圆柚子"一起去京都了。三位卿的确是最大的官，却是个出场最少的角色。

"救命啊！"

故事以珠三郎凄厉的叫声拉开序幕。珠三郎被青江下野守的手下重重围住，陷入绝境。

大家都翘首盼望"黑头巾"粉墨登场，却迟迟不见小正哥哥现身。正当大家觉得蹊跷时，"黑头巾"突然从灌木丛中杀了出来。

"哇！"

一个名副其实的"只露出如炬双目的黑头巾"！这令所有的人目瞪口呆。

"小正哥哥，这是搞什么名堂？"

"我先借爸爸的和服腰带用一下啦。所以今天必须赶

愛哭鬼小隼
泣き虫ハァちゃん

68

在爸爸洗澡之前回去。"

小正哥哥解释完了，剧目继续进行。武士们拔出刀将"黑头巾"团团围住，"黑头巾"没有拔刀，一副悠然自得的样子。"青江下野守"站在手下们身后，他也在抱着胳膊袖手旁观。

"青江下野守"发话了："不好对付就干掉他！"

小隼心下佩服地想：这话说得好神气啊！正当他期盼着后面再来上几句的时候，阿孝紧跟着喊道："格杀勿论，胆敢上前！"

话一出口，"青江下野守"和"黑头巾"登时齐声哈哈大笑起来，剧目不得不中断。

"阿孝，你弄反了，应该是'胆敢上前，格杀勿论'呀！"大家哄堂大笑。

"啊，是啊是啊！"

青山的小周佩服得五体投地，阿孝却满脸的不高兴，不以为然地想：还不是都一样的嘛！剧目再次上演。这一次，伴着小周的一句"胆敢上前，格杀勿论"，他们正式拼杀起来。这时，又发生了一件突发事件。

"三位卿来也！"

小乙竟然挥舞着大刀冲了进来！本应身在京都的三位卿抵挡不住拼大刀的诱惑，出其不意地加入进来了。这可让所有的人都犯了难，既不能对他说"一边去"，也不能和小乙对砍。这种时候，阿道哥哥总能急中生智，想出有趣的解决方案。

"是三位卿！好吓人啊！"

"青江下野守"大叫道，扛起大刀落荒而逃。"黑头巾"和其他伙伴见状也都纷纷效仿。

"三位卿来了！"

"好可怕！"

"救命啊！"

他们纷纷大叫着扛起刀逃窜。

小乙大喜。

"三位卿来也！"

他挥舞着大刀追了上来。逃跑者可遭了殃，当真逃走的话，会将小乙一人丢下，这可不行。可是大家拿的都是芒草刀，只有小乙拿的是真正的木刀，所以如果不小心靠近小乙被他砍到，尽管小乙身小力薄，也还是会很疼。他们不得不和小乙保持着适当的距离逃跑。尽管如此，大家还是被这种追逐游戏搞得疲惫不堪。

"喂——大家休息了！"

这时，小正哥哥一声令下，大家全都躺倒在橡树下面。

"啊，好热啊！再这样下去就热死了。"

小正哥哥火急火燎地扯下缠在脸上的和服带子，他的脸通红通红。

"小正哥哥变成红头巾啦！"

小隼的话让大家齐声哈哈大笑。

"不能再这样下去了，大家就权当我戴着黑头巾，咱们继续吧！"

小正哥哥向大家提议，意见被采纳了。

"三位卿"累坏了，还在休息。趁着这个好时机，剧目再次上演。一切进展顺利。

游戏规定，互相对砍的时候，被砍中三次就得死。尽管"珠三郎"躲在"黑头巾"背后，十分有利，可他还是被砍到了两次。"黑头巾"果然身手了得，将"青江下野守"的手下杀得片甲不留,自己却也被砍到了两回。"青江下野守"之前一直连刀都不拔,目中无人地袖手旁观,这时他迅速拔出刀来,与"黑头巾"对决。"黑头巾"已身中两刀,而且已经疲惫不堪了。小隼担心起来:万一黑头巾死了可怎么办……况且他自己也是一样,如果再被砍到一次就要死了。

"'死'到底是怎么一回事呢?"小隼心想。

就在死亡的恐惧即将袭来的时候,"黑头巾"掷出一枚神奇的火药球,趁着"青江下野守"被烟雾吓呆了的空隙,"黑头巾"抱起"珠三郎"绝尘而去。"黑头巾"与"青江卜野守"的对决留待下回揭晓,剧目就此落下了帷幕。

"太好玩了!"

孩子们都感慨不已地躺倒在草丛里,谈论着各自的感想。暑假里的太阳依然炎热,可是待在树荫下面,阵阵惬意的微风吹来,令人感到说不出的凉爽。知了在"吱儿——吱儿——"地拼命叫个不停,远处还有凤蝶在翩翩起舞。

"黑头巾刚出现的时候，我吓了一大跳，还以为是真的呢！"小隼发表着感想。

"可是，夏天戴黑头巾还是太热了。"小正哥哥果然被热坏了。

阿道哥哥说："三位卿可真够活宝的啊！"

大家想起了"三位卿"，悄悄地笑了。

"哎呀阿道，赶紧的！"

小正哥哥大叫，人却早已拿起捕虫网冲了出去。阿道哥哥也紧随其后。

那边的灌木上面停着一只奇异的蝴蝶，颜色搭配得十分美丽，那姿态简直堪称"优雅"。可是，还没等两个孩子靠近，那蝴蝶忽然展翅飞起，朝着权现山的山顶翩然飞去。大家都张大了嘴巴，默默无语地遥望着飘在权现山上空的白云。

"是玉蝴蝶！"小正哥哥说。

"玉蝴蝶"对于城山家的孩子来说可是梦幻之蝶，今天还是头一回见识。

"太可惜了！"

小隼对叹惜不已的两位哥哥说："咱们知道存在这种蝴蝶了吧？知道它存在，就意味着说不定什么时候能捉到手呀！"

小正哥哥和阿道哥哥不由得对望了一眼，小隼时不时会说出大人话来。

话虽如此，这可真是愉快的一天。小隼也有一整天都不哭一次的日子呢。

06

去河边吧

"哇！八十三度①了！可以游泳了呢！"

阿道哥哥去看了诊室里的温度计，回来向大家报告。当时还是用华氏度标示温度。按照常规，暑假里如果温度达不到华氏八十度以上就不可以游泳。

"是吗？今天我也要去。"小齐大哥说。

于是大家约好一起去河边。中学高年级的学生虽然不会参加采集昆虫和拼大刀之类的游戏，但小齐大哥和小直哥哥都喜欢钓鱼，所以去河边的时候会一起去。话虽如此，到了河边，多数情况下还是分头各自行动的。

① 华氏八十三度约为摄氏二十八度。——编者注

78

"哎呀，今天大家都要去河边吗？家里也没有点心了，破个例，给你们一人一分钱，自己去点心铺买吧！"

妈妈罕见地给了阿道哥哥以下的孩子每人一分钱。城山家平时总是预备着点心，不允许私自买着吃。爸爸建议说，"最好让孩子们有一点儿那方面的经历"，所以小学生以下的孩子有时会得到一分钱。

在城山家，中学生在所有事情上都享有特殊待遇。上了中学以后便可以得到零花钱，还可以自由支配，但要求他们必须记零花钱账。因为享有自由，所以尽管他们也可以拿着一分钱去买零食吃，然后记到零花钱账上就行，但中学生的骄傲不允许他们那样做。

今天小正哥哥特殊，也要了一分钱，和大家一起走进点心铺，嘴里喊着："一分钱，'拉'点儿什么！"

他说的可能是"请给我拿点儿什么"吧？筱山的孩子分不清"l"和"n"的发音。

点心铺的老爷爷在和服外面扎着围裙，笑眯眯地从里间走进店里。

"是城山家的小子们呐，想要什么？我给你们拿。"

"我要鱿鱼干天妇罗！"

"我也要那个。"

小正哥哥和阿道哥哥毫不犹豫地做出决定，隔壁的阿孝买了糖稀，迫不及待地吃了起来，小隼却还在支支吾吾。说起来，小隼喜欢甜食，可是只喜欢甜食"太孩子气"了。"鱿鱼干天妇罗"似乎更像大人样，更神气——这是在城山家孩子中占主导地位的食物观，所以小隼没办法跟在阿孝后面说"我要糖稀"，可是如果买了鱿鱼干，好不容易得来的一分钱就失去了价值。

"我要红薯天妇罗！"

小隼拿定了主意，说道。天妇罗中也属红薯天妇罗甜，所以这是小隼能找到的唯·的妥协点儿了。

"红薯天妇罗啊？"

小正哥哥和阿道哥哥两个人对望了一眼,鼻子里"哼"了一声。

城山家的孩子们要去游泳的河叫筱山河，以小孩子的脚力不到三十分钟的路程。孩子们从城山家出发，沿着田间小路往西南方向走去。去往筱山河的半路上有条小河，不知从什么时候起，城山家的孩子们给这条河起了个名字，叫作"半路河"。

这条"半路河"上没有桥，孩子们脱下鞋涉水走过浅滩，然后或是继续光着脚丫走到筱山河，或是擦擦脚丫重新穿好鞋再走。不管怎么说，总归是有点儿麻烦。可是小齐大哥和小直哥哥就不一样了，他们或是跑过去"嗖"地纵身一跃跳过河去，或是爬到伸向河面的树上，再从上面跳过去。他们不用脱鞋便能过河。

到了筱山河，有一座用几张大约三十厘米宽的木板搭建而成的窄桥。小隼他们若无其事就过去了，可上次大阪的堂哥过来的时候，战战兢兢地傻站在那里说"我过不去"，让小隼很是吃惊。小隼心想：这么个东西有什么好害怕的嘛！

过了桥，到了河滩，孩子们全都在这里脱光衣服，小学生系一条亚麻兜裆布，中学生则穿一条叫作"黑猫"的泳裤。那泳裤其实只是一片黑色的三角形布片而已。"黑猫队"从家里出来的时候已经把它穿在了短裤里面，所以他们三下五除二便脱得光溜溜的，跳进了水里，"兜裆布队"因为太热，没办法从家里系好过来，便在河滩上缠兜裆布。

在水里嬉戏了一会儿之后，大家都从水里钻出来，在太阳底下晒着后背休息。躺下以后，因为河滩上的石头很热，湿淋淋的身体很快就干了。天上飘着朵朵白云。

"哎，咱们去掏蜂蛹吧？"

小正哥哥提议。掏来蜂蛹用油一煎，吃起来可香了。话虽如此，这对"甜食党"小隼来说却没有多少吸引力。

"我觉得那边可能有长脚蜂的蜂巢，阿道，你去侦查侦查！"

在小正哥哥的催促下，阿道哥哥来到没了河滩石头却杂草丛生的地方查看。过了一会儿，小隼不经意间抬头一看，阿道哥哥正在拼命奔跑，有马蜂在后面追赶他。

"小正哥哥！"

还没等他喊出来，小正哥哥早就发现了，说："必须赶紧躺下！"

因为被蜂儿追赶的时候突然躺下，蜂儿便会"嗖"地从头顶上飞过去。

"躺！躺！"

小正哥哥拼命大叫，他说的是让阿道哥哥赶紧躺下，可阿道哥哥只顾得拼命逃跑。

"躺！躺！"

小正哥哥和小隼两个人齐声大喊，可是他俩眼看着马蜂渐渐追了上来，落在了阿道哥哥的脖子上。

"啊！"

只见阿道哥哥无力地原地蹲了下来，小隼和小正哥哥飞奔过去，可是为时已晚，阿道哥哥已经被马蜂蜇到了。小正哥哥随即消失在草丛中，小隼正奇怪他要干什么，却只见小正哥哥拿来一方湿毛巾，把它敷在阿道哥哥被马蜂蜇了的地方。

"挺臭的，不过你忍忍吧。这是小便，小便里的碱有中和作用，被蜂儿蜇了，这个最好用不过了。"

小正哥哥的解释使得随后赶来的阿孝和小隼瞪大了眼睛，他们用崇拜的目光看着小正哥哥。

"你为什么不赶紧躺下呢？"

"可是，小小哥和小隼不是齐声喊'逃、逃'来着吗？"

"哎呀，原来是这样！你把'躺'听成'逃'了吗？早知道喊'躺下'就好了呀。"

三个人面面相觑地笑了，迟些赶来的小齐大哥看了看阿道哥哥的脖子，说："这样就没什么事了，我还要一个人去八幡潭。小直，如果阿道的情况不好，你就先带他回去让爸爸给看看吧。"说完，小齐大哥拿起鱼叉（一种带长柄的、用来叉猎物的渔具）往上游的八幡潭方向走去。

小直哥哥闲来无聊，看见有根粗水管横搭在河面上，便骑在水管上开始过河。

"哇！小直哥哥好棒！"

孩子们瞠目结舌地仰望着他。这种事太可怕了，他们可办不到。

"喂——"

小直哥哥挥挥手，得意洋洋地前进着。

就在这时，发生了一件意外的事：山田家的阿良带着初中一年级的弟弟小勇出现在对岸。阿良流里流气，是名中学五年级的学生。在孩子们的齐声喝彩中，小直哥哥只差一点儿就要到达对岸了。就在这时，阿良竟然从河对岸骑上水管往这边来了！

"山田君，对不起，请你稍微往后退一下行吗？"

小直哥哥礼貌地说。

高年级学生对低年级学生拥有绝对的权力。

"啰唆！你才应该退回去！"

阿良嘴里喋喋不休，小直哥哥却认为再怎么身为高年级学生，道理上也讲不过去。小直哥哥是个正义感很强的孩子。

"我一直在往这边来，山田君你却突然朝我这边过来了，你也就稍微退后一点点……"

"不要说混话！你对高年级学生怎么说话呢！再不后退我就把你撞下去。"

阿良眼看着就要朝小直哥哥扑过来了。小隼在一旁看着，不知不觉中眼里噙满了泪水。小隼泪眼婆娑地看去，小直哥哥已经放弃了，开始往后退。

两个人过完了水管，小隼以为事情到此为止了，然而并非如此。

愛哭鬼小隼
泣き虫ハァちゃん

"你太神气了！"

阿良将小直哥哥推倒了。小直哥哥半点儿都没有反抗，却立即站了起来，与阿良对峙着。

正在这时，小齐大哥将在八幡潭捉到的鱼装进鱼篓里回来了。

"怎么了？你们在干什么？"

小齐大哥走了过来，小直哥哥对他说明了原委。

"山田，就算你是高年级学生，也不可以这样。混蛋！"

听了小齐大哥的话，阿良也不说话，朝着小齐大哥扑过来，扭打在一起。阿良比小齐大哥块头大，看上去也比他强壮。小隼的眼泪已经打开了闸门，差一点儿就喊了出来。

这时，小直哥哥从阿良身后扑了上来。

小齐大哥怒吼："小直，你干什么？走开！"

小直哥哥走开了。趁着阿良没有防备的空隙，小齐大哥脚下使了个绊子，阿良结结实实地栽倒在地，头磕在了石头上面。

小齐大哥身手敏捷地骑在阿良身上，"唰"地举起拳

头，怒吼道："喂！你还不服吗？"

"服了，服了。"阿良说。

小齐大哥听到这话，迅速站了起来，等着阿良站起来。

"阿良，讲和吧。"小齐大哥说。

阿良没有回答，带着小勇离开了。

"啊！瞧，上来雨了！"

听到小正哥哥的话，大家才发现天空乌云密布，周围变得有些昏暗。

"赶紧换上衣服，大家一起向灰小屋出发！"

小齐大哥发出指令，大家慌忙换好衣服，跑过桥梁，奔向半路河河岸。这时，"吧嗒吧嗒"地下起了豆大的雨滴。大家纷纷挤进灰小屋，迟些赶来的阿良兄弟在小屋前磨磨蹭蹭。

"阿良，怎么还不赶紧进来啊？"

在小齐大哥的招呼下，两个人进了小屋。

"咔嚓！轰隆！"

就在这时，电闪雷鸣，孩子们被这过于凶猛的情景吓住了，情不自禁地抱作一团，阿良犹犹豫豫地抱住了阿道哥哥。见此情景，爱哭鬼小隼也偷偷地笑了。

瓢泼大雨接踵而至，就连原本从灰小屋里能够看到的合欢树也看不见了。

阿道哥哥说："我觉得可能有个雷落在灰小屋上面了。"

大家都赞同他的说法。

"太可怕了！"

阿良的话引起了大家的共鸣。雷雨彻底消除了孩子们之间的隔阂。"轰隆隆"的雷声渐渐远去，倾盆大雨也停了下来，过了一会儿，太阳出来了。

"喂，咱们回家吧？"

孩子们走出灰小屋。刚才的大雨仿佛没有发生过一般，阳光洒落下来，照着田间的水稻和岸边的树木，看上去闪闪发光。美丽的积雨云缠绕在筱山周围连绵起伏的山峦上面，孩子们神清气爽地往家走去。回家以后还能美美地享用西瓜呢。

爱哭鬼小隼
泣き虫ハァちゃん

07

克拉伊博先生

爱哭鬼小隼
泣き虫ハァちゃん

小隼上三年级了。上三年级以后要重新进行分班，忠班全部是男孩子，孝班男女生各占一半，顺班全部是女孩子。小隼和小周、小拓他们一起被分到了忠班，非常高兴。到了这个年龄，男女有别的意识增强了，男孩子和女孩子绝不会一起玩耍，甚至只是被分到"男女混合班"都觉得不光彩。隔壁的阿孝正如他的名字一样，被分到了孝班。小隼早把自己爱哭一事抛到了九霄云外，心想：这样说来，阿孝不怎么像男子汉呢！

班主任是高老师，他对大家说："虽然我只是一名代用教员，可是我年轻有进取心，我会借此努力的。"高老师看上去的确又年轻又有朝气，包括小隼在内的所有孩子都喜欢上了他。小隼问爸爸"代用教员"是怎么回事，爸爸说："就是还没取得教师资格。"小隼搞不明白这是什么意思，但爸爸也说，"老师年轻有朝气，会很努力，这挺不错的"。

三年级上了一段日子后，有一天全校学生集合开早会时，小隼正心不在焉地听校长讲话，突然自己的名字被点到了。

"三年级的城山君……"

小隼吃了一惊，差点儿跳起来。

校长介绍说，前几天为了欢迎一个名字很难记、忘了叫什么的皇族殿下，全校学生整齐划一地在道路两旁列队时，城山君捡起了掉在地上的半截钉子，校长觉得奇怪，便问他为什么，城山君回答说："我要把废铁收集起来让妈妈卖掉，将卖的钱攒起来捐献给军队买慰问袋。"校长表扬小隼说："我对此由衷地表示佩服。"

在学校的早会上，"在全校学生面前受到表扬……"，高老师也十分得意。不知为何，小隼仿佛觉得自己偷偷摸摸干的坏事露馅了一般，缩了起来，可是堀山、鹫尾、藤川等伙伴都羡慕地围了过来，说什么"你要是拾废铁的话，我们也一起去吧"。于是他们约定下午全体到小隼家集合，一起去拾废铁。小隼心想：真是麻烦呀！但大家都志在必行，小隼也只好默不作声地随他们去。

放学回家后不久，伙伴们全都来了，招呼小隼："城山君，咱们去玩吧！"女孩子小君居然也跟了过来！

小隼问："小君，你怎么来了？"

小君不以为然地说："无论男生女生，都应该一起为军队贡献力量的吧？"

尽管被人叫作"腌萝卜小姐"，但听说上了三年级以后，小君受到顺班的班主任山崎老师的喜爱，每天放学后都帮她补习功课，最近也能读课本了。的确，小君和以前不一样了，给人以坚强的感觉。

"咱们去后院的竹林吧！"

在堀田的建议下，大家一起来到后院的竹林里。小隼居住的筱山町有很多竹林。

有一首民谣唱的是："过了筱山，全是竹子。猪吃红薯，呼哧呼哧。"

堀田穿着长筒靴走进竹林里，很快便发现一个漏了底的水桶扔在那里。见此情景，大家一哄而入走进竹林里，开始搜寻废铁。

"我捡了这么个东西。"

小君手里紧紧握着一个铁丝粗细的东西给堀田看。

"啊，这是铜呀，铜可是很贵的呢！"

循着堀田的声音，大家都凑了过来。

"铜是什么？"

小隼疑惑不解。

"你可真是个大少爷呀！"堀田用这样的腔调进行解释。铜的价钱比铁要贵。

"小君，你在哪里发现的？"

堀田问，小君没吭声，用手指了指。那里虽然也是竹林，却已经越过了城山家的篱笆墙，属于紧挨着的另一户人家的地盘。孩子们面面相觑，篱笆墙轻而易举就可以弄破，这样就能径直进到里面。孩子们被铜的魅力吸

引，决定越境寻找。不知不觉之中，孩子们渐渐走近了
那家房屋。

突然传来一声吆喝："你们是什么人？"

小隼吓得魂飞魄散，心想：这不是大怪物吗？那人个
子高得出奇，头发的颜色也稀奇古怪，还长着满脸的大
胡子。

孩子们赶紧逃命，翻过篱笆墙回到了这边的地盘。大
家心里的石头刚刚落地，却发现小君逃得慢了，被大怪
物逮住了。

小君哭着说："我们在……在为慰……慰问袋……"

"什么？什么袋？"

大怪物大声问。小君已经说不出话来了，一个劲儿
地哭。

到了这种时候，小隼非但没有哭，反而一下子坚强起
来。他翻过篱笆墙，走到大怪物身边。他想，这人就是
"克拉伊博先生"。

小隼知道自己家后面住着一个名叫汉斯·克拉伊博的
德国人。小隼只是远远地打量过他，感觉的确是个地道

的外国人。

有一次小隼去宝塚①时，看到外国人在用莫名其妙的语言交谈。

小隼大声说："哇！'克拉伊博'们在说话！"

后来他还因为这件事被哥哥们嘲笑过，"'克拉伊博'们的故事"屡次被他提起。

小隼轻巧地鞠了一躬，说："我是城山家的孩子，是小学三年级的学生。我叫隼雄。"

克拉伊博先生用类似于看见怪物的眼神打量着小隼。

小隼慢慢说明了原委，自己和小伙伴们不知不觉被铜丝冲昏了头脑，这才翻过篱笆墙。小隼还道了歉。克拉伊博先生瞪圆了眼睛。

"日本的孩子们真了不起呀！你稍等一下。"

克拉伊博先生匆匆忙忙地回到家里，很快又拿着一把铜丝折了回来。

"这个送给你们，拿去慰问军队的士兵吧。还有啊，不可以随便闯进别人家的。"

小隼、小君和伙伴们站成一排，隔着篱笆墙向克拉伊

① 地名，位于日本兵库县东南部，以温泉、歌剧团等闻名，是日本的旅游胜地。——译者注

愛哭鬼小隼
泣き虫ハァちゃん

博先生深深地鞠了一躬，说："谢谢！"克拉伊博先生笑眯眯地挥挥手，回家去了。

他们正好碰上了收废铁的人，说："一共十四分钱，但既然你们是为了军队，就给你们算十五分钱吧。"

爸爸探出头来，小隼说明了原委。爸爸听后立刻喊妈妈出来，说："你现在就赶紧带隼雄去克拉伊博先生家道个歉，带上清明堂的蛋糕去吧。"

"好的，我知道了。蛋糕还要特别定制的吗？"

"不用不用，普通的就行。"

不知何故，爸爸突然间慌里慌张地不见了踪影。"特别定制的蛋糕"一词让小隼耿耿于怀，挥之不去。

小隼拿着蛋糕，和妈妈一起绕道走大路来到克拉伊博先生家里。

"哪位？"

见到走出来的人，小隼心想：啊，是个"女克拉伊博"！

妈妈彬彬有礼地低下头，说："我是住在后院的城山。"

泣き虫ハァちゃん

妈妈一边为小隼的入侵道歉，一边递上了蛋糕。克拉伊
博先生也出来了，他和夫人对望一眼，说："快请，快请！"
小隼和妈妈被让进了客厅里。

小隼环视着房间，佩服地想："果然很时尚啊！"

"城山君，你知道格林童话中的老故事吗？"

克拉伊博先生问小隼。小隼很喜欢看日本儿童文库版
的《格林童话》，所以开心得不得了。

"我非常非常喜欢格林童话集。"小隼回答。克拉伊博
先生看上去也兴高采烈，问："你喜欢哪个故事呢？"

小隼心想：我得挑一篇不要太普通的才好。他当机立
断用自豪的声音回答："《画眉嘴国王》！"

克拉伊博先生好像不懂日语，精通日语的夫人用德
语跟他说了什么，于是克拉伊博先生大声说："啊！是
Knig Drosselbart①啊！"

"我小的时候也特别喜欢那一篇。"

"那个公主趾高气扬的，惹人讨厌，最后却渐渐变得
很可怜。"

"啊，我小时候也有同样的感想。"

① 德语，中文
译为《画眉嘴国
王》。——译者注

103

小隼和克拉伊博先生像朋友似的交谈着。小隼的眼睛湿润了，为了掩饰，他大声说："克拉伊博先生，你知道日本的民间故事吗？"

"啊，我读了很多，《咔嚓咔嚓山》《浦岛太郎》。"

听了这话，小隼突然想起一件有意思的事情。

"喂，克拉伊博先生，我能问你一个问题吗？龙宫的仙女为什么要送给浦岛太郎玉匣子这样的东西当礼物呢？还说不让他打开，打开后只会让他变成老人，为什么要送这么个东西给他呢？"

小隼是认真的。小学二年级上国语课学《浦岛太郎》的时候，他曾经问过老师同样的问题，老师却对他说："城山君，你的想法真够奇怪的啊！"班里的同学也冲他做出"你太奇怪了"的表情。小隼觉得这种问题好像还是不问为妙，但心里却一直耿耿于怀。他觉得，克拉伊博先生貌似能为自己解答。

"太有趣了！"

克拉伊博先生说。于是他再次和夫人用德语商量了一会儿，说："这是个有趣的问题。"

　　思考片刻之后，克拉伊博先生带着非常认真的神情对小隼说："我认为玉匣子里面装的是浦岛太郎的年龄。如果不打开，年龄就会留在里面，浦岛太郎会永远年轻，一旦打开玉匣子，年龄就会跑出来，浦岛太郎也就变成了老人。"

　　小隼茅塞顿开，十分高兴。

　　"克拉伊博先生，您真是个聪明的人！"

　　克拉伊博先生紧紧握住小隼的手，小隼拼命忍着喜悦的泪水，握着克拉伊博先生的手。他觉得那双手好温暖。

　　回去的时候，夫人把小隼没好意思吃掉的四方形大饼干模样的点心用纸包上，送给他。

　　"这个……"小隼忸忸怩怩地说。

　　夫人笑眯眯地说："别客气。"

　　可是小隼还是没有伸出手，最后他终于下定决心，说："我……兄弟六个人。"

　　眼尖的小隼看见点心只有五块。

　　这话逗得克拉伊博先生哈哈大笑，他给了小隼一个更大的纸包。夫人把克拉伊博先生的德语翻译了过来。

"这是一打十二块，用六能除尽。"

小隼和妈妈雄赳赳气昂昂地回到家里。

兄弟们都在家里焦虑地等待。

"克拉伊博先生是不是就像天狗①一样，突然间从黑暗的地方冒了出来呀？"

小正哥哥开了个玩笑，大家都笑得前仰后合。

"就是嘛，他是个好人！"

小隼简直不知该如何表达自己的感激之情了，说："他像对待大人一样对待我呢。"

"这倒是真的，还给你送了美味的点心呢！"

小正哥哥的话让大家再次哈哈大笑，他们边笑边大口大口地吃着点心。

① 天狗是日本传说中的一种生物，常被认为是妖怪。不过，现在日本的一般说法认为，天狗有高高的红鼻子，手持团扇，身材高大，穿着修验僧服或古代武将的盔甲，长着双翼。通常居住在深山之中，具有令人难以想象的怪力和神通。——译者注

08 秘密基地

迄今为止，小隼最开心的事情要数和兄弟们一起玩了，可是自从上了三年级，他觉得和同班的男孩子一起玩耍也突然间变得既有趣又开心了。一想到能见到伙伴们，就连上学都让人高兴起来。

小隼课间休息时会到操场上去玩。忠班教室所在的校舍和围墙之间有块一间①左右的空屋，那里通常是关着的。下课后，小隼正打算去操场，却发现大门敞着，便往里看了一下，那是一处杂物间，里面堆着些旧瓦片。

"咱们进去看看吧！"

身后有人说话，小隼吓了一跳，却发现是青山的小周。

① "间"是长度计量单位，1间相当于1.818米。——译者注

正当他们战战兢兢地走进去查看的时候，小隼突然有了奇思妙想。

"小周，咱们把这里作为秘密基地吧！"

小隼关于秘密基地的构想很快在伙伴们中间传开了。到了午休时间，堀田、藤川等人假装去操场，汇集到了那里。将堆放的瓦砾巧妙地搬开，就腾出了坐的地方，再配上从四面八方搜罗来的笤帚把儿和带窟窿的水桶等物，便整理出司令官的位置以及参谋的座位等。这种时候，小隼通常当不上大将，而是充当参谋之类的角色。司令官是小周。

"没有敌人就没意思了，咱们拿吉川君当敌人吧！"

小隼的提议得到了大家的一致赞同。

"好吧，来两个人去给我侦察敌情！"

小周迅速下达命令，堀田和藤川准备从基地中跑出去。

"说成'斥候①两名，侦察敌情'是不是更神气呀？"

小隼的提议让小周心悦诚服，改变了命令。这种时候小隼喜欢读书就派上了用场，尽管他打架不在行，伙伴

① 指侦察兵。
——译者注

们却也对他另眼相看。

秘密基地的游戏实在太有趣了。上课的时候他们传递纸条，上面写着"今天十二点基地集合"，还在最后面画上一个"🐝"的符号。这是藤川的主意，因为"三个'日'意味着'秘密'"。①藤川因此举大为得意，动不动就递过来画着这么个符号的纸条。

吉川的小拓隐约察觉到自己可能被人当成了靶子，有时候会朝这边翻白眼。小拓也是一方红人，和他的那些马屁精们玩得不亦乐乎。

小隼有时候也充当斥候，出去侦察敌情，可是这天怎么都找不到小拓，小隼寻思着也许他去栅栏外面了，便沿着操场东侧平时不大靠近的铁栅栏边走边看。小学位于筱山城城内，东侧是外护城河，翻过栅栏隔着大约一米的地方类似于一处悬崖，下面便是护城河。

正在行走的小隼前方飞来一只小皮球，皮球飞过栅栏落了下去。小隼满心以为球会掉进护城河里，却只见小君追了过来，她手按栅栏轻巧地翻身跃过，而且小君居然在悬崖处骤然消失了！这一幕把小隼吓得魂飞魄散，

① 这里利用的是日语的谐音，日语中"日三"的谐音是"秘密"。——译者注

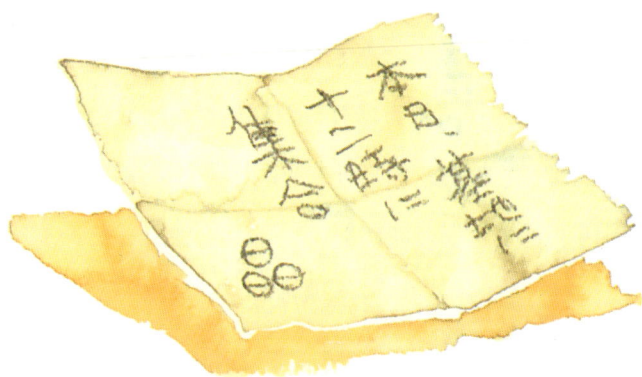

过了一会儿，只见小君一只手拿着皮球走了出来，两个人的目光碰到了一起，小君向小隼招手让他过去，于是小隼果断地翻过栅栏，等走到小君那里一看，小隼吃了一惊，小隼满心以为是悬崖的地方竟然能顺利地通到下面。

小隼在小君的带领下下到下面，他情不自禁地发出惊叹。原以为是悬崖的地方竟然被挖开很大一块，形成了一个洞穴。小隼根本没有料到操场下面竟然会有这样的一个地方。因为一侧临着护城河，所以不能叫作洞穴，但这里裸露着树根，总有点儿让人心生恐惧。

"哇！这才是真正的秘密基地呀！"

小隼大声说。

"秘密基地？什么意思？"

小君很好奇，小隼拼命遮掩了过去。小隼和小君小心翼翼地翻过栅栏回到操场，没让其他的孩子发现。

接下来的一节课小隼几乎没有听进去。"我发现了一处绝好的秘密基地！"他必须瞒着高老师把这一消息通知给全体伙伴。小隼觉得，跟这个基地比起来，藤川引以为豪的秘密符号之类就有点儿"幼稚"了，用不着再写了。

怕被别人看见，全体伙伴小心翼翼地瞒着人集合到秘密基地。所有的人都感慨万分，那种感慨简直无以言表。大家商定各自从家里拿一点儿物品来装备基地。那是一处有司令官的地方，是一处隐蔽的秘密场所。他们把"手枪"和"铁炮"等物藏了进去。也不知道堀田从哪里搞到的，他拿来一个小小的鸟居①，说："我们在这里供奉上神明，保佑咱们谁都不要掉进护城河里，这样也就能保佑我们不会被人发现了。"

小隼渐渐胆子壮了起来，觉得自己不会败给任何人。他不再把小拓之流放在眼里，而是开始把六年级的淘气包们当作敌人进行侦查。说是敌人，其实并不是真的跟他们打仗，所以不需担心。

小隼开始盼望着去上学。在城山家的孩子当中，小隼早晨起床算晚的了，动作也拖拉，而且味增汤也令人讨厌，所以他动不动就会上学迟到。可现在他一改常态，他麻利地起床，早早地去上学。

城山家吃晚饭时，先是妈妈陪着爸爸喝酒（有时也

① 一种类似于中国的牌坊的日式建筑，常设于通向神社的大道上或神社周围的木栅栏处。主要用以区分神域与人类所居住的世俗界，代表神域的入口，可以将它视为神域的"门"。——译者注

115

喝啤酒），等喝完酒再把全家叫过来吃饭。只有弟弟小乙例外，因为他年龄小，爸爸喝酒的时候会把他抱在膝头，喂他吃东西。

有一次，小隼觉得应该开饭了，便来到餐厅里，却听见爸爸喝得正酣，在和妈妈说话。

妈妈说："这阵子隼雄好像来了精神呢，他早晨早早就起床了，也不再磨蹭了。"

爸爸说："嗯，他是利索多了哟！好像小孩子到了三年级左右有一个转折点呢。"

"这么说，隼雄也……"

小隼认为不能偷听爸爸妈妈说话，便迅速退了出来，却莫名觉得难为情。就连爸爸妈妈也不能知道秘密基地的事情。

堀田从哥哥那里要来一台组装收音机上坏掉的零件，做成戴在耳朵上的收报机。把它连在从这处半拉洞穴上方垂下来的细树根上，戴在耳朵上神气极了。小隼高兴不已，说："这样就可以和斥候联络了。"正在这时，只见出去侦查的藤川板着脸回来了。

他说："我们可能被小拓发现了。"大家一门心思光顾着对付六年级的淘气包们，竟把小拓忘到了脑后，可能是小拓觉得不对劲，开始盯他们梢，结果藤川翻过栅栏要往下面去的时候被他看到了。总之，今后要以小拓为敌，创造新的纪录了。

然而，意想不到的事情发生了。早晨全校学生集合开早会的时候，校长宣布："昨天中午我去校外办事，回来的时候走的是护城河东岸的那条路，无意中往学校操场方向一看……"校长看见有几个四年级上下的孩子正在操场下面的护城河边玩耍，吓了一跳。校长严厉警告说，绝对不可以在那么危险的地方玩耍。

小隼他们这一惊非同小可，赶忙火速集合。他们商定：既然校长认为咱们是四年级的学生，而且没有任何人知道，那咱们就装作什么也不知道，暂时远离秘密基地。

那天放学的班会上，高老师带着让人害怕的表情走进教室，他一进门就用严厉的语气说："老师想，今天早会上校长说的做危险事情的人就在我们班。"当时，老师和小拓交换了一下眼神，这一幕没能逃过小隼的眼睛。"小

拓告状了呢。"一想到这里，小隼马上站了起来。

"那是我干的。"

听小隼这样说，小周赶紧站了起来，伙伴们也纷纷起立。

"好吧，你们都跟俺来，俺也和你们一起去跟校长道歉。"

高老师还是头一次使用"俺"这个词。"其他人可以回家了！"老师说。小隼他们去了校长办公室。在孩子们眼里，连去老师办公室都是很不得了的事情，而且这还是第一次去校长办公室，所以他们都绷紧了神经。高老师也是一样，走进校长办公室时脸色铁青。

"校、校、校长！"

高老师结结巴巴地说不出话。到了这会儿，小隼心下打定了主意。

"我是三年级忠班的城山。提出把那种地方当做秘密基地玩耍的人就是我。"

小隼镇定自若地说。

"哟，你不是那个收集废铁的城山君吗？"

校长还记得小隼。

"秘密基地……吗？"

沉默了片刻之后，校长说。他眯缝着眼笑了，那样子让人觉得他仿佛在看远处的山。

"校长在你们这个年龄的时候啊，也十分迷恋玩秘密基地呢……"

"后来到底拿绳子将竹子绑在后山的树上，搭成了一座小房子，把它当作自己的秘密基地。那小房子视线又好又能瞒过所有的人……"

小隼他们被校长的话吸引住了，探出身子听得入了神。

"不过呢，我一不小心脚下踩空了，从那里掉了下去，结结实实摔了个四脚朝天，哼了一声就不会动弹了。"

"真的吗？校长您没事儿吧？"小周不由自主地插了一句。

"没有。我心想，这下可完了。幸亏恰好有附近的邻居路过，把我给救了呀。"

爱哭鬼小隼
泣き虫ハァちゃん

说到这里，校长用慈爱的目光依次打量着每个孩子的脸，说："我说呀，我不得不认为，秘密基地虽然有趣，却还是很危险的啊。其实呢,校长昨天傍晚去那里看过了，那里确实是一处绝好的秘密基地，可是太危险了。万一掉到护城河里，如果不会游泳就会被淹死的，你们还是不要再玩了吧。"

孩子们感到一种不知该说什么才好的兴奋，他们不约而同地鞠了一躬，说："我们明白了，我们再也不玩那个秘密基地了。"他们发自肺腑地向校长做了保证。

正当他们要一起离开校长室的时候，校长发话了："高老师，你给一群很出色的孩子当班主任，真不错啊！"

"是、是。"

高老师也乐呵呵地回答，直到刚才还铁青着的脸这时变得通红通红。

"你们太棒了！老师还以为要和你们一起在校长办公室旁边的走廊里罚站了呢。"

高老师领着他们回到教室。太出乎意料了，全班同学竟然都在担心地等着他们。

"城山君他们平安无事地回来了，万岁！"

大家都为小隼他们叫好。虽然小拓板着个脸，但全班同学竟然怀着这样的心情在等着自己，小隼心里"倏"地一热，眼泪夺眶而出。

小隼去校长办公室的路上深刻地检讨了自己。就算秘密基地再好玩，但自己和少数几个伙伴任意妄为，甚至还因此连累了高老师，所以在他的想象中，说不准班里的同学们会认为自己和伙伴们被校长训斥"很解气"呢。然而，事情却截然相反。

"大家竟然这么珍惜我这样的一个人，还等着我。"小隼的眼泪再也止不住了。

"今天我们进行班长和副班长的选举。"

四年级忠班的班主任广田义男老师神色略带紧张，一边扫视着小隼他们这些忠班的孩子一边说。三年级之前，班长和副班长都是由老师指定，上了四年级，要由孩子们自己根据"选举"来决定。于是老师进行了说明，每个人都要认真考虑，写出一名适合担任班长的同学的名字来投票，根据投票结果，得票最多的人当班长，第二名是副班长。老师话音刚落，大家就吵吵嚷嚷炸开了锅。

毕竟选举这种东西在乡下的小学里还是第一次，结果难以预料。这在昭和十三年（一九三八年）的当时不难理解。广田老师是一名资深教师，擅长指导作文，广受大家好评。老师耐心地告诉叽叽喳喳的孩子们选举的重要性。

等孩子们安静下来，吉川的小拓大声说："那就让青山君当吧！"

"不能说那样的话！"

广田老师当即批评了小拓，但却让人感觉通过那种口吻向孩子们传达了一种老师希望吉川当班长的意思。

也是因为上次告发秘密基地一事，小隼总觉得小拓擅长巴结老师，对他喜欢不来。他想："让小周来当班长要好得多。"小隼甚至在心里胡乱猜疑，他觉得刚才小拓的发言也并非真心想推选小周当班长，而是希望通过和老师的交流制造出自己想当的气氛。小隼也讨厌自己的胡乱推测，觉得并没有什么依据。

最终结果是，小拓当了班长，小周当了副班长，票数仅次于他俩的就是小隼了。

"接下来票数最多的是城山君，吉川君和青山君万一因为什么事情不能继续担任的话就由城山君来当。"

小隼没怎么仔细听广田老师的说明，而是在心里暗暗

咂舌，心想："果然是小拓啊！"当他看到小拓带上班长
的臂符后欢呼雀跃的样子，心里越发不是滋味了。

又过了一段日子，广田老师说明中的"万一"竟然出
人意料地发生了。放学后，正当大家准备回家的时候，小
隼一年级的班主任山口老师过来了，说："青山君和城山
君，你们俩跟我过来一下吧。"她好像已经和广田老师说
好了，只是微微点了点头。山口老师大步流星地走了出去，
小隼莫名其妙地和小周一起跟着她走。

出了校门往左走一点儿就是城的入口。老师穿过入
口，走进大书院旁边的杉树丛中，照相馆的人已经准备
好了照相机，正在那里等候着他们。

"青山君，你还什么都没有和城山君说吧？"山口老
师问青山。青山只是点了点头，应了声"嗯"。

"城山君，青山君很快就要转学去东京了，老师一年
级的时候给你们当过班主任，我忘不了你们俩那么要好
又可爱的事情，所以想给你们拍个纪念照。"

老师的话让小隼大吃一惊，"青山君要走了"——他

从未想过这样的事情。

小周小声说："城山君，对不起，我爸爸调动工作了。"

就在这一瞬间，有生以来第一次和小周打架、两个人被罚站时互相道歉说"对不起"……所有的情景都浮上小隼的心头，令他有一种揪心的感觉。

不知何故，山口老师自己没有加入进来，而是拜托摄影师给小周和小隼两个人拍了照片。小隼告诉自己说绝对不可以哭，他死死地咬住下唇，瞪着照相机。

"小隼，你为什么要做出这么可怕的表情呢？"

照片洗出来之后，任凭家里谁说，小隼都决定掩饰说"没什么……"

"小隼做出可怕的表情，是因为他要和小周分别了，心里非常伤心啊！"

当听到妈妈的自言自语时，小隼的眼泪再也止不住了，不过，令他觉得幸运的是，没有一个人看见他哭，这真是太好了。

小隼出乎意料地当上了副班长。

"我必须努力了。"

小隼按照自己的想法努力去做，可是令他头疼的是，无论是班长小拓还是班主任广田老师，好像都和他不投缘。

广田老师因善于和孩子相处广受好评。正如评价的那样，广田老师在课堂上也经常开玩笑。孩子们都被逗得大笑，然而对小隼来说，那些玩笑几乎都不好笑。他愤愤不平，想说："那种话有什么意思？倒是我们家才特别有趣呢！"在小隼家里，以父亲为首，全家都十分喜爱开玩笑，甚至在吃晚饭的时候都会因为谁的一个玩笑全家人笑得前仰后合。

而且，那些在小隼看来不怎么有趣的话却每每让小拓捧腹大笑，这越发让小隼觉得索然无味。看着捧腹大笑的小拓，广田老师心满意足，可是当他往旁边看时，却看见城山一副索然无味的表情，老师不由地感慨："这孩子好像感情不怎么丰富啊！"他和小隼之间的关系变得不怎么合拍了。

可是即便如此，小隼依然希望老师能喜欢自己，所以他很用心。有一次老师给大家讲木会义仲[1]的故事时，小

隼因为刚刚在《日本儿童文库》中读过这个故事，便兴冲冲地说："老师，这个故事在《源平盛衰记》里写过。"

小隼满心以为这样说老师会高兴，谁知却适得其反，老师用锐利的目光打量了他一眼，感觉像是在说："多嘴！"

"你能不能不说这些奇怪的话，好好听老师讲呢？"

看到老师和大多数同学听了小拓的话都在点头，小隼灰心丧气。

所有的事情都不顺利。小隼心想，这种时候如果换作小正哥哥，一定会巧妙地制造机会，说："小拓，你不要得意忘形！"然后跟他一决胜负，做个了断。可是小隼臂力弱，做不到。

"这节课我们来'读书'。"

广田老师说。"哇！"孩子们一片欢呼。所谓"读书"，就是老师在自己的书桌前办公，期间由孩子们按照座次站起来朗读国语教科书，如果读错了或者卡了壳就必须坐下，换下一个人。虽然每个人都拼命想读长一点儿时间，却总会在意想不到的地方出错，被别人取代。这可好玩了。班里能持续长时间朗读的"双璧"就是小拓和小隼了。

"那就从《弟橘媛》开始读吧。"老师发话了。小隼心想，这下糟了。小隼十分喜爱这个故事，弟橘媛为了日本武尊从小船上投身大海，以求安抚海神。无论读多少遍，读到这里小隼依然会掉眼泪。小隼不想让同学们看到这一幕，可是他又讨厌故意出错，早早坐下。

然而这天每个人都读得很好，小拓接过去一直读到临近结尾的地方，到了尊怜恤媛，说"嗟夫，吾妻"这一段了。小拓把这句话读成了"嗟乎，吾妻"。

"错了！错了！"

大家都很高兴，可是小拓立即反驳道："这个地方读作'嗟乎，吾妻'才是对的！我家隔壁的哥哥说的！"

以小隼为首，所有的孩子都不明缘由地读作"嗟夫，吾妻"，被小拓这么一说，到底哪个正确就没有人有把握了。就连小拓也是，因为隔壁的哥哥告诉过他，所以他才这么说，可是他也不知道为什么要这样读。大家齐刷刷地看向老师，然而老师一副毫不知情的样子沉浸在工

爱哭鬼小隼
泣き虫ハァちゃん

134

作中。好像老师也弄不明白呢。

小拓占了上风，洋洋得意地大声念道："嗟乎，吾妻！"

小拓的话音刚落，小隼的声音立即在教室里响了起来。

"什么'嗟乎，吾妻'，乱乎乎，听不懂！"

"哈哈哈……"爆发了一阵哄堂大笑。"小拓，乱乎乎，听不懂！"迫于这样浩大的声势，小拓面带不满地坐下了。孩子们继续"读书"，《弟橘媛》读完了，下一篇是《潮干狩》，小隼连续读了很长时间，一副心满意足的表情。这天一整天，小隼都兴高采烈。

吃过晚饭后，在儿童房里做作业的时候，小隼想起了今天的事情，兀自笑了起来，可是他突然感觉不安。虽说拿灵机一动想出来的俏皮话巧妙地打击了小拓，可是他想，会不会"嗟乎，吾妻"的读法才是正确的呢？可是，任凭自己怎么想也不会想明白的，于是小隼决定去问哥哥们。

在城山家，一旦上了中学，在待遇上就会有很多地方和小学生截然不同了。中学生在学习房里学习，与为了玩耍而安放了小学生学习桌的宽敞的儿童房区别开来。小学生很少被允许进入学习房。

中学五年级的小直哥哥、三年级的小正哥哥和一年级的阿道哥哥正在学习房里。不过，这一天恰好赶上去东京的"高级学校"读书的大哥小齐回家，四个人正在谈论着什么。小隼沿着走廊来到学习房，他把课本中的《弟橘媛》一课拿给不知所以然的哥哥们看，问他们"嗟夫，吾妻"应该怎么读。

"还有人说'嗟乎，吾妻'才是对的，可是……"

小隼小声补充说，却隐瞒了小拓的事情，只字未提。

"'吾妻'指的是自己的妻子，这句话说的是'我的妻子可怎么办呢'，读作'嗟乎，吾妻'才是对的吧？"

小齐大哥脱口而出。小隼垂头丧气，说："是这样读的吗？"

可是小直哥哥紧接着说："我认为'嗟夫，吾妻'的意思的确像小齐大哥说的那样，可是我记得河马老师说过啊，弟橘媛的故事发生在古代的日本，那时候说'……

愛哭鬼小隼
泣き虫ハァちゃん

乎'的时候和现在不同，不读'乎'，而是就读作'夫'。如果按照那个时代的说法来读，还是'嗟夫，吾妻'正确吧？"

"河马老师"是刚刚走马上任的一位锐意进取的国语老师，名字叫作川端老师，他的外号就是"川端"的省略读法"河马"①。

"我还真不知道这个呢，真有趣啊！这么说来，是'嗟夫，吾妻'了？"

小齐大哥佩服地说。

"我认为是'嗟夫，吾妻'，不过我的想法不太一样。"

小正哥哥迟疑地说。哥哥们都催促他说："多好玩啊，快说说你自己的看法。"于是，小正哥哥边思索边说："我感觉这句话的意思是说'自己的妻子已经……'，所以才读作'嗟夫，吾妻'的吧？②"

三个哥哥的讨论达到了白热化，看这情形还会继续下去，小隼却悄悄离开了学习房，打算回到儿童房里。小隼只是提出了一个微不足道的问题，哥哥们却这么热心地思考和讨论，看到哥哥们的样子，不知为何，小隼心

① 此处利用的是日语的谐音，"川端"的读音是"かわばた"，各取第一个字母即为"かば"，与"河马"的发音相同。——译者注

② 这里是按照日语的读音来理解的，日语中"已经"的读音和"嗟夫"的读音一致。——译者注

里热乎乎的。他感到一种无以言表的兴奋，可是他讨厌被他们看到自己流泪，便悄然离开了房间。

不管怎么说，得知"嗟乎，吾妻"未必正确之后，小隼心里的石头落了地。"话虽如此，今天总算对小拓反戈一击了呀！"小隼偷偷地笑了。

"今天教大家学乘法。"广田老师在黑板上写下数字，教大家"用4除以这个数会怎样"。

小隼觉得有趣极了。在做了多种例题之后，老师说："大家试着做一下课本上的练习题吧。"小隼很快就做出来了，他环视了一下周围，发现旁边的木村做得很糟。小隼告诉他说："这道题把余数用小字写一下就好了。"

"城山君，这道题怎么做呢？"见前面有人问，小隼走过去教他。或许小隼教得好，到处都响起呼喊"城山君"的求助声。

"城山君，你到处晃悠什么！回自己座位上认真做题去!"尽管被老师敲了警钟,小隼还是心想:"就是因为我认真做才做完的呀!"于是他对老师的话充耳不闻,四处充当个人辅导,老师越发来气了。

老师大声说:"城山君,回座位去!"

小隼回到了座位上,却百无聊赖,不知不觉又开始淘气,再次被老师瞪了几眼。

广田老师博览群书,经常给孩子们讲课本以外的事情,大家都夸他是个好老师。

"今天我给大家讲一个以前没怎么听说过的故事吧。在我们的地球上有着各种各样的生物,不过在距今很久很久以前的远古时代,地球上没有人。"广田老师的话把孩子们听呆了。小隼聚精会神地听老师讲,但也有的孩子不怎么听,认为这是个莫名其妙的话题。

"很久以前有一种可怕的动物,叫恐龙。"老师的话题从这句话开始,最后他说人类的祖先是猴子。这话让小隼惊讶到极点,他感到一种无以形容的震惊。

"我们的祖先是猴子?"小隼难以置信,可是老师讲得信心十足。胡思乱想之间,一个奇怪的问题涌上心头,小隼问老师："老师，这么说来，日本人当中最接近猴子的就是住在天宫里的天照大御神①了吗？"

"混账！城山，你胡说什么！到后面站着去！说那、那样的话，宪兵会以不敬罪逮捕你的！"

老师大发雷霆，小隼被罚到后面站着。其他的孩子虽然不明就里，但还是被"宪兵"这个词吓住了，鸦雀无声。

虽然站在后面"反省"，可是小隼任凭怎么"反省"也是一头雾水。人类的祖先是猴子，按照以前老师所教，日本人的祖先是天宫里的天照大御神，既然这样，无论怎么想难道不是都会得出小隼那样的结论吗？不过，老师发那么大的脾气，还使用了"宪兵"之类的词，所以小隼姑且下定决心，这件事他不会和任何人提起。若是小直哥哥的话……小隼脑子里闪过这样的念头，可是他觉得这个好像也挺危险。当他认定这是一个对任何人都不能提起的问题时，他想："'河马老师'会怎么说呢？"他觉得，也许'河马老师'会说这是个有趣的问题吧？

正想到这里，他听到了老师的声音。

"城山君，你反省了吗？"

① 日本古神话中的太阳女神，传说是天皇的始祖。——译者注

"我以后绝对不会再说那样的话了。"

小隼做过保证之后回到了座位上。广田老师看着小隼，心想，这真是个不好对付的孩子。

类似这样的事情反复发生，小隼这一学期的通信簿"操行"一栏得了个"乙"。小隼很难过。迄今为止他是"全甲"，小隼一直以全部是甲为荣呢。小隼的"全甲"也让爸爸妈妈引以为荣。

当小隼把通信簿拿给爸爸看的时候，吓得浑身发抖。妈妈替他辩解说："看样子是小隼学习太好了，精力过剩，给老师惹麻烦了呢。"

"操行是乙吗？"

爸爸说："在小学里，稍微淘气一点儿或者随心所欲一点儿，操行就会是乙，这种事根本无所谓的嘛。不过，如果在中学里操行是乙，可就有点儿问题了。"爸爸毫不介意。

"没事了！"小隼抚摸着胸口，松了一口气。小隼心想，"中学里的操行"似乎非同寻常，是不是会与"不良"之类可怕的事情扯上关系呢？话虽如此，爸爸的话确实让小隼得到了救赎。

"操行乙"由于爸爸的庇护逃过一劫，可是小隼却好像和广田老师不对脾气，相处得不好。为了挽回名誉，小隼寻思着在自己擅长的作文上加把劲。小隼从上了小学二年级开始就经常因为作文受到表扬，还在全班同学面前朗读过自己的作文。

广田老师说："写作文一点儿都不难，将自己看到的、听到的、想到的如实写下来就是好作文。刻意求工是不行的。"

这话也让小隼吃惊。以前，小隼总是刻意地想把作文写好，他总是一边写，脑子里一边想着"这样写，老师可能就会表扬我的"，而且多数情况下都能如他所愿。

"今天我要让大家写上次去高城山远足的事情，要将所见、所想如实地写出来。"

小隼在老师的催促下开始动笔，却无法像平时那样挥洒自如。小隼渐渐变得焦躁不安。就在他写到自己挥汗如雨地艰难攀行在高城山的坡路上时，他的心头蓦然浮现出一件事情。

　　忘了是什么时候的事了，晚饭时，爸爸说起身在战场的堂兄阿博哥哥来的信。阿博哥哥好像是一名辎重兵，他为了搬运炮弹，艰难地跋涉在泥泞的道路上，忍受着饥肠辘辘，却还要拼命努力。爸爸还说，身在后方的人饱食而无忧，阿博哥哥却付出了那么那么多辛苦，不应该忘记这些。

　　小隼写道："走在高城山的坡路上虽然辛苦，但是想到在战场上拼搏的堂兄阿博哥哥，这点儿事情又算得了什么？"小隼停下笔，这是现在天马行空的想象，并非当时的"如实感想"。说起来，这是撒谎。一瞬间，小隼迟疑了，可是时间也到了。小隼一咬牙，交上了写着阿博哥哥的作文。

　　把作文发给大家之后，广田老师兴冲冲地说："城山君的作文最好，我把最精彩的部分给大家读一下。"

　　得到老师的认可，小隼非常高兴。"操行乙"似乎也即将飞到九霄云外。可是老师读的那一部分竟然是自己想到战场上阿博哥哥的艰苦，拼命爬上山路的那段。发

爱哭鬼小隼
泣き虫ハァちゃん

148

下来的作文上，老师读的那部分圈满了红圈儿。

看到这个，小隼的心情说不出的复杂。受到广田老师的表扬固然让人高兴，但是老师认可的部分写的却并非老师所说的"如实感想"，而是后来考虑到的大人通常会喜欢的情节。

把这样的作文拿给小正哥哥和阿道哥哥看，他们会不会一脸坏笑，说"小隼干得不错嘛"呢？小隼心想，反正不要给家里人看就是了。

这天晚饭时，孩子们在饭桌前坐下后，发现摆着两个空啤酒瓶。爸爸会在孩子们过来之前喝白酒或红酒，多半是一瓶啤酒。有时爸爸喝了两瓶啤酒就"兴致上来了"，这种时候爸爸经常会发表"演讲"，有时候很有趣，也有的时候近似于"说教"。

"大家好好听着。"

爸爸开了口。

"这里有隼雄的作文。"

正当大家不知道发生了什么事的时候，爸爸拿来了小隼今天发下来的作文。

150

"隼雄去高城山远足，当他爬坡爬得很辛苦的时候，想起了战场上的阿博哥哥，努力坚持着。我来读一读怎么样？"爸爸开始读小隼作文中被老师标注了红圈的地方。这可真让小隼无地自容。他知道反正只要自己提到军队，说自己努力坚持，大人们就会高兴，而且广田老师上当倒也罢了，一想到"连爸爸都……"小隼就无法忍受了。不光彩的心情占了上风，就算受到表扬，小隼也丝毫不觉得高兴。

小隼告诉自己，今天都是因为爸爸兴致上来了，可是兄弟们会怎么想呢？小隼观察着他们的表情，只见他们正一副古怪的表情在听爸爸说话。

这种时候，如果小正哥哥像他经常做的那样朝自己叩首，小隼就会松口气，可是唯独今天，也许被爸爸的激情镇住了，小正哥哥没给自己任何信号。

小隼渐渐担心起来。

"小隼写得够聪明。"哥哥们说。小隼不由地心想，莫非哥哥们在嘲笑自己吗？他想起小正哥哥曾经说过："做事聪明的人大多没有诚意啊！"于是他越发地讨厌自己了，自己竟然还能自以为是地认为"作文写得好"。

这一天是周六。爸爸有些地方要求很严格，他说："小学生除了课本以外，没有读书的必要。比起在家里读书，还是在外面充满朝气玩耍的孩子才是好孩子。"所以，小学生除了周六之外，禁止读课本以外的读物。

话虽如此，妈妈却认为读书也是件好事，想要支持小隼读书。妈妈认为小隼的作文受到表扬正是个好机会。

妈妈说："隼雄之所以作文写得好，都是因为他经常读书的缘故。"妈妈请求周日也允许小隼读书。爸爸兴致不错，小隼满心以为这下可好了，爸爸却问："隼雄喜欢读什么样的书呢？"

事发突然，小隼不知如何回答。他想起广田老师说过："没有比这个更有趣的书了。"

于是小隼回答："《绅士大盗》。"

"什么？像那种侦探小说之类根本没有读的必要，只有周六读书就行了。"爸爸大声说。小隼流下懊恼的眼泪，心想，今天怎么净碰上些奇怪的事呢？

　　周日早晨天气不错，可小隼的心情却经常阴云密布。家里规定周日早上孩子们全部要拿拖布擦走廊。

　　按照分组，小隼拧好拖布，和阿道哥哥并排擦，小正哥哥和小乙从相反的方向往这边擦。就在他们即将动手的时候，阿道哥哥换作一副极其认真的表情。这种时候，阿道哥哥大多不是要搞什么让人吃惊的恶作剧就是要开玩笑。

　　小隼赶紧做好准备。阿道哥哥大声喊道："让我们想着身在战场的阿博哥哥，努力擦地吧！"

　　"啊哈哈……"

　　四个人一听这话，立即笑得人仰马翻。那篇作文是"编出来的东西"，爸爸竟然对其赞赏有加，这有点儿不太正常。可是，那种作文被当着大家的面读了，小隼会不会介意呢？小隼，你一笑了之得了！

　　这就是阿道哥哥的全部心思，所以他才在这里巧妙地开了个玩笑。昨天晚上哥哥们的古怪表情就像没有发生过一样。

　　"想起阿博哥哥，咱们也努力奋斗吧！"

兄弟四人一起叫喊着，拿起拖布在走廊里跑起来。他们一边跑一边哈哈大笑。

"啊，大家都理解我呢。"小隼哈哈大笑着，心里却"倏"地一阵感动，心想："有兄弟，真好啊！"

小隼叫着、笑着，继续拿拖布擦着地，热乎乎的眼泪也无休无止地流了下来。

11 海鸥水兵战士

"来，收一下约定的一分钱！"

伴随着广田老师明快的声音，孩子们纷纷握着一分钱站了起来。

"糟糕！我忘了。"

小隼觉得脑袋里一片空白。按照计划，日本国内的小学生每人捐款一分钱硬币。昨天晚上和今天早晨，小隼都还记得一分钱硬币的事情，都怪临上学之前和阿道哥哥开玩笑，光顾着开怀大笑了。

"忘记带的同学站起来。"老师说。应声而起的只有小隼一人。

"只有副班长城山君吗？"

小拓立刻应和着老师的话说："他没有当副班长的资格！"

"就是、就是。"

小隼感觉到大家冷冰冰的眼神，体会到一种不可思议的感受。那种滋味绝非语言所能表达，如果非要描述，就是一种"这个世界上只有自己一人"的感觉。当然了，这个世界上名叫城山隼雄的只有一人，可是小隼总感觉自己应该是和大家在一起的。

然而此时此刻，小隼的感受是，只有自己一人在这边，以广田老师为首的班里其他同学都在另一边。"我这样的人世上只有一个，只有一个人啊！"那是一种难以名状的不安，却也包含着一种类似于在某个地方陡然翻脸，声称"我就是一个人嘛"的成分。

小隼走到老师身边，摘下副班长的袖章，说："我交还。"

"啊？怎么这么突然……"

老师着了慌，眼睛似乎在观察班里其他孩子的表情。

好朋友藤川说:"城山君也反省过了,是不是可以继续当副班长呢?"

很多声音纷纷附和着他说:"是啊,是啊。"

广田老师仿佛松了口气,说:"城山君,这个袖章还给你。"这件事情就这样解决了。

事情虽然简简单单地了结了,小隼的心里却难以平静。一遇到什么事,他的心里就会产生一种"我孤零零一个人"的感觉。麻烦的是,这种感觉回到家里以后也依然持续着。

回到家里,跟妈妈要了点心,和哥哥、小乙一起玩耍,若在以前,他会有一种被某样东西包裹起来的安心感,可是这回却没有。小隼会突然间产生"妈妈死了可怎么办"的念头。小隼明明知道"万一小直哥哥离家出走不再回来了"之类事情不可能发生,却还是要想。就这样,他感到寂寞,感到不安。

一件平息小隼不安的事情很幸运地发生了。学校举行文艺汇演,小学三四年级的学生共同表演话剧。放学后,

参加演出的人员留下来排练。因为是演戏，所以男女生要共同出演。小隼的兄弟清一色是男孩子，自己又在男孩子班，所以周围有同龄的女孩子令他浑身不自在，却也莫名觉得心情愉快。

话剧的主人公是一个充满朝气的男孩子，名叫小元，主题是以小元为中心的孩子们玩打仗游戏。话剧本身貌似并不怎么有趣，可是能和女孩子们一起排练令小隼心潮澎湃。

"主角小元由吉川君扮演，种田来演妹妹小悦。"广田老师吩咐。小元的爸爸等角色依次敲定，小隼扮演的是打仗游戏中的成员之一。

小隼喜欢读书，也喜欢演戏，在等待上场的时间里能和几乎没有搭过腔的女孩子们聊上几句，所以他开心得不得了。

小隼顺利地和三年级的冈美代子聊了起来。冈美代子诙谐幽默，和男孩子说话无拘无束。小隼也喜欢开玩笑，他模仿着话剧里面的台词说话，很开心地笑着。或许美代也觉得总是单独和小隼在一起不好，所以她基本都拉上朋友美纪子。三个人说说笑笑间，小隼问："你们是二人组合吗？"

"不，其实我们是三人组合。川崎的小美也和我们是一组，不过小美不演戏，她是跳舞的。你瞧那边！"

小隼顺着美代指的方向看去，五个三年级的女生正在跳《海鸥水兵战士》。小隼扫了一眼，心脏"砰"地一下，几乎要停止跳动了。美代指着的川崎的小美，长得太漂亮了！

海鸥水兵战士，

排成一排的水兵战士，

白帽子、白衬衫、白衣服。

忽悠忽悠地漂浮在波涛间。

就连旋律似乎都和小隼以前知道的歌不一样，明快而优美。五个海鸥水兵战士和着伴奏音乐，做着无比优美的动作。就算在她们之中，川崎的小美也是最特别的。她身穿带有蓝色条纹的白毛衣，那身姿像极了水兵战士。

愛哭鬼小隼
泣き虫ハァちゃん

165

"小美正式的名字叫什么？"

小隼提心吊胆地问。

"川崎美津子。'美'是美丽的美，'津'是三重津①的津。我们是三人组合呢。"

美代兴冲冲地告诉他。

"哈哈，我懂了。你们是三个人，是不是就叫 sanmi 组合或者 sanbi 组合啊？②"

"咦？你知道得倒挺清楚嘛！我们三个人的名字都带'美'③字，所以打算叫 sanbi 组合来着，可是如果叫 3B 的话，好像会让人联想到 4B 的吧？所以我们就叫 sanmi 组合啦。"

"是比 4B 颜色稍微浅点儿的 3B 组合吗？"

"哈哈哈哈……"

正当他们哈哈大笑时，刚刚跳完舞的美津子走了过来，问："你们在笑什么？"她原以为自己的两个朋友在笑，走近了却看见小隼加入其中，美津子的表情变得有点儿僵硬。

"喂，这是四年级的城山君。他猜中了我们的名字叫

① 日本地名。
——译者注
② 与后面的"sanbi"都是"三美"的意思。"三美"的日语读音有两个，分别为"sanmi"与"sanbi"。——译者注
③ 此处"美"的发音为"bi"。——译者注

166

'三美'呢。"

美代兴冲冲地介绍说,美津子却只是微微一笑,不怎么感兴趣。小隼也很紧张,连拿手的俏皮话都卡了壳。

"喂!继续演戏了!"

正当他们陷入尴尬的时候,传来广田老师的声音,小隼往那边走去。他莫名松了口气,却又似乎有点儿遗憾。

发生了一件麻烦事,主演小拓因患重感冒缺席了。老师们很为难,商量之后说:"也许城山君能替演吧。"他们决定让小隼当替演进行排练。小隼的试演让老师们大为惊讶,他竟然把小元的全部台词背下来了。

小隼有点儿洋洋得意。他一边表演,一边隐约感觉到女孩子们正用崇拜的眼神看着自己流利地说着小元的台词。

排练结束之后,三人组合迅速凑了过来。

"城山君你真了不起呀!你竟然把那么多台词全部记住了!"美代对他大加赞赏。

"那种东西很简单的嘛!"见小隼有点儿得意忘形,没想到美纪说:"可是城山君,你只是生搬硬套了台词,并没有很用心吧?"美纪的话很刁钻。

"妹妹小悦说'我把这个给你带来了'的时候,小元说'谢谢',你可知道她带来的是什么吗?"

"这个我不知道,我只是在不知情的情况下说'谢谢'。"小隼也招架不住了。

"那个呀,是小悦发现了被小元的爸爸藏起来的玩具军刀,她给小元带过来了呀,所以说小元必须更加欣喜若狂才对啊!"

因记住了全部台词而洋洋得意的小隼心想:"女孩子太可怕了!戏剧方面还是女孩子理解得更透彻呀!"可是关键人物小美什么都没有说,所以小隼赶紧换了个话题。

"我以前不知道《海鸥水兵战上》,真是一首好歌,我决定下次家里一起唱歌的时候就唱这首歌。"

"城山君,你们家还一起唱歌吗?"不怎么开口的小美带着不可思议的表情说。

"妈妈弹脚踏风琴,爸爸和我们兄弟一起……"

"咦?你爸爸也一起吗?"

小美瞪圆了眼睛看着小隼,随即又垂下眼帘沉默不语了。她的表情看上去还带着落寞。"也许她的爸爸很可怕吧？"小隼心里想着，却没吭声。

直至回到家中，小隼依然沉浸在和以前不太一样的情绪中。兄弟们依然很风趣，可是小隼经常觉得自己依然是孤零零的一个人。不过，他不再感觉不安了。每当他想到离开家人独自一人的时候，便感觉自己的世界里还有一个虽然模糊却和自己在一起的女孩子。

"我们两个人……"有时候，小隼想到一半时会觉得自己好像有点儿太夸张了，便终止了思绪，但他不再因为是一个人而感到孤独和不安了。

小隼高高兴兴地去上学，学校的文艺汇演却很快结束了。最麻烦的是，再也没有和女孩子们接触的机会了。

只有一件事让小隼开心。每个星期一的早晨全校学生都要"集体走方队"，学生们排好队列绕着操场走一周。那个时候，学生们会被分成一、三、五年级组和二、四、六年级组两组，沿相反的方向绕行，所以小隼肯定会和三年级的学生打照面。不知为什么，美代必定走在队列的最外侧，擦肩而过的时候，她在最容易被看到的地方。她的旁边是美纪。小隼也尽量待在队列的里侧，而且擦肩而过的时候，他还和美代挤眉弄眼，美纪在旁边微微含笑。这真是让小隼开心。

不过，小美的位置却不怎么固定，而且小美按照老师的要求，目不斜视地看着前方行走，根本不可能和她互递暗号。可是即便如此，小隼也能远远地认出小美的身影。小隼想起了最近读的俄罗斯的传说故事，他在心里暗想："小美不是海鸥水兵战士，她就像白天鹅公主呀……"可是，因为是"集体走方队"，小隼不能回过头去看。

有时在操场上偶然碰到一起，小隼和美代打招呼说："上次的集体走方队真有趣啊！"美代说："小美说我们了，她说，你们那样互递暗号被老师发现可就糟了。"小隼很是佩服，他想："她那么若无其事，却竟然看得很清楚啊。"

可是有一个星期一，小隼无论如何寻找都不见小美的身影，美代和美纪则依然并排向自己递暗号。小隼心急如焚，却无法求证。他在操场上来回徘徊着，希望能碰到美代，却没能如愿。小隼失魂落魄地回到了家里。

晚饭时大家说闲话，小隼心不在焉地听着爸爸妈妈说话。妈妈说："篠山的连队这次多半要变动，听说东新町的川崎少佐也升为中佐，要荣升到冈山的连队了呢。"

"啊，就是那个有个上三年级的漂亮女儿的川崎先生吗？"

后面的话小隼什么都没听到。"我喜欢的人全都不知去了什么地方。"他想。桑村老师、青山的小周，还有川崎家的小美。

小隼茫然若失，连眼泪是否流了下来都不知道。热闹的晚饭时间若在往常是令人愉快的，此时小隼却感觉只有自己是孤孤单单一个人，周围仿佛出现一堵玻璃墙。"到头来，我依然是一个人呀！"小隼在心里自言自语。

12

害
怕
夜
晚

　　所有的一切，说它普通就普通，说不普通就不普通。小隼感觉自己就是这么一种状态。早晨起床、去学校学习，回来后和家里人一起玩耍，到了晚上睡觉。一切都普普通通，但有什么和以前不一样了。好像唯独自己和所有人、和世界脱离了，格格不入，仿佛自己的周围笼罩着雾霭。

　　过了一阵子，他开始感觉晚上睡觉有点儿可怕。自从上了小学三年级，小隼就离开爸爸妈妈，和小正哥哥、阿道哥哥一起在二楼的房间里睡觉。小隼觉得这样好像就长大了，很开心。而且，小正哥哥和阿道哥哥有时候还会在睡觉的时候给自己讲故事，有趣极了。

可是上了四年级以后，如果半夜里睁开眼睛，小隼就会突然变得惊恐不安。自从川崎美津子转学之后，这种感觉更强烈了。

有一天夜里，小隼被"咚、咚"的敲击防雨窗套的声音惊醒。"有贼！"刹那间，小隼蜷缩起身子。他感觉贼正拿着什么东西要把窗套砸破。小隼睡在小正哥哥与阿道哥哥中间，他想叫醒他们中的一个，身体却僵住了，动弹不得。小隼心想："这下可完了。"这时，他听见时钟响了四下。

"贼都是半夜闯入，四点钟左右不会来的。"小隼记起曾经听谁说过。他放心了，很快就睡沉了。早上一起床，小隼就对小正哥哥讲起有贼的事情，小正哥哥让他放心，说："别担心，那可能是风吹动晾衣竿，碰到了窗套上。贼不会砸破窗套，因为他们擅长悄无声息地进来。"

小隼放心了一段日子，可是一天半夜，小隼突然醒来，静得鸦雀无声，小隼害怕起来。"贼会悄无声息地进来"——他想起了小正哥哥的话，他不禁感觉有人站在走廊里。传来"嘎吱——"一声,小隼吓得心脏都要蹦出来了。过了一会儿,小隼担心得坐卧不安、不知如何是好了。

几乎处于无意识的状态中,小隼站了起来,他走下楼,走进爸爸妈妈的卧室。小乙睡在妈妈身边,三个人都睡得很沉。小隼蹑手蹑脚地钻到爸爸身边。爸爸睁开眼睛,似乎吓了一跳,却什么都没有说,只是把胳膊朝小隼伸了过来。小隼紧紧抓住爸爸的手臂,仿佛拿到了能战胜一切的魔法棒一般,彻底放下心来。小隼进入了香甜的梦乡。

第二天早晨,小隼觉得难为情,可是爸爸和妈妈都若无其事,什么都没有提。

打那以后,小隼半夜醒来感到害怕的时候,就会走过去钻到爸爸身边。不知不觉之中,白天那种奇怪的感觉也变淡了。然而,兄弟们却不干了。因为做游戏或者吵架的时候,小隼常常把哥哥们驳得哑口无言,他在兄弟当中被公认为"坚强的人",然而到了夜里,他竟然跑到爸爸妈妈那里去睡,这让人感觉太蹊跷了,而且很狡猾……

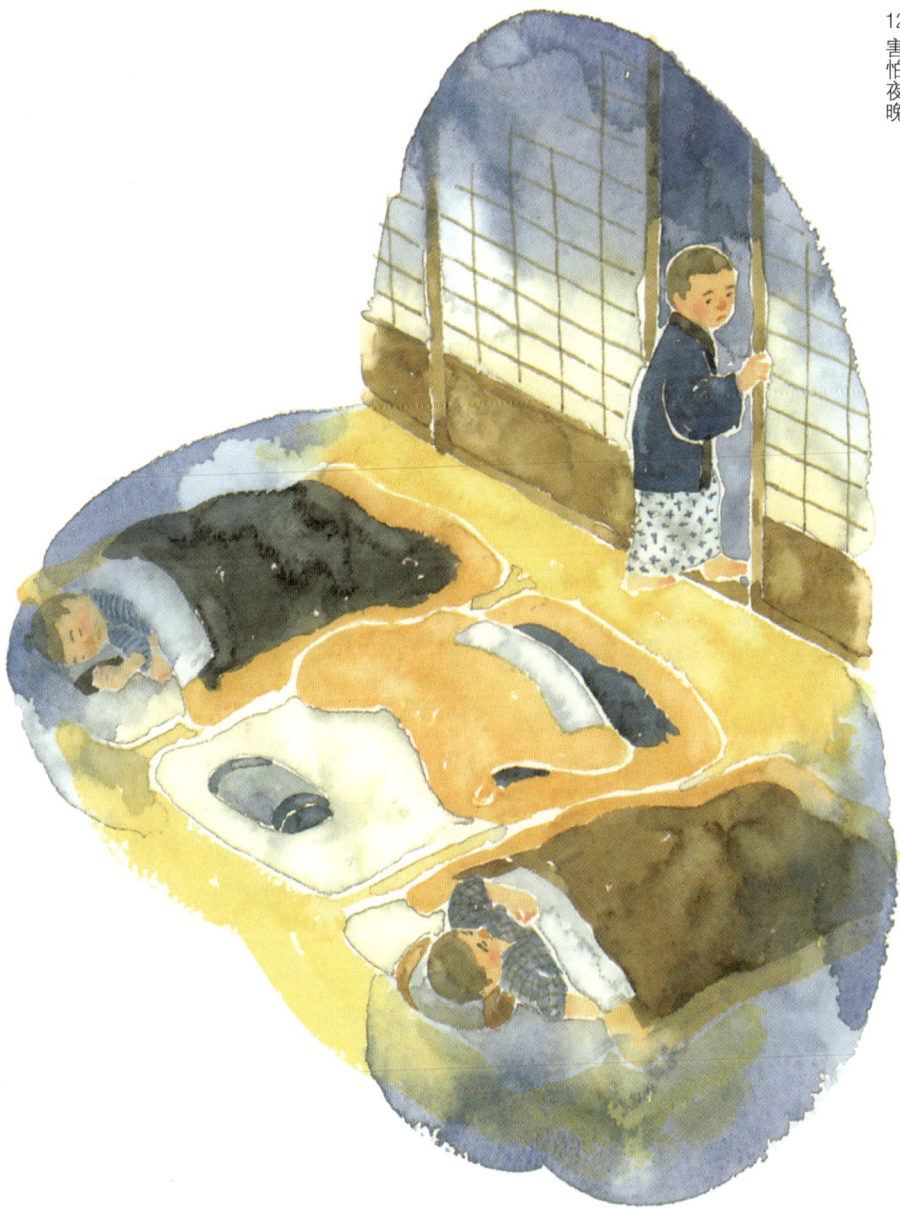

晚饭开饭后过了一会儿，小正哥哥说："小隼，你昨天夜里去哪儿了？"

阿道哥哥紧接着说："我半夜醒来发现小隼不见了，我还以为发生什么事了呢。"

他俩说得津津有味。小隼低下头，简直要哭了。这时，小直哥哥用嘲讽的语气说："小隼，难道你夜夜都要出公差吗？"

哥哥们哄堂大笑。这时，爸爸不慌不忙地开了口："好了好了，不要再说了。每个人小的时候都会发生种种不同的事情，只是你们忘了而已。"

泪眼婆娑中，小隼抬眼望去，小正哥哥和阿道哥哥低下了头，小直哥哥的表情似乎如梦初醒，好像正在反省。

吃完饭以后，小直哥哥走到小隼跟前，拿胳膊肘捅了捅他，说："刚才真对不起，我四年级的时候也发生过奇怪的事情呢。"

小隼感觉包裹着自己的雾霭刹那间烟消云散了。

小隼放心了，他想，这样一来，自己就能在大家的认可下半夜里"出差"了。然而不可思议的是，自那以后小隼半夜不再醒来了。

小隼恢复了蓬勃的朝气，无论在学校还是在家中，他都过得跟以前一样快乐。可是小隼有些地方和以前不太一样了。他产生了一种反叛心理，以前他认为爸爸妈妈和哥哥们说的话基本上绝对正确，现在出乎意料地发现并非如此。而且，尽管他依然抱着"优等生"、"全甲"的想法在学习，但他对不喜欢的事情却有点儿敷衍了，用小正哥哥的话说，就是带点儿"偷奸耍滑"的意思了。

说起来，尽管小隼依然朝气蓬勃，却让人感觉他还没有真正进入常态，好像还没有彻底归位。虽然他从"我这样的人这个世上仅有一个"的孤独感中走了出来，却反过头来产生了一种类似于"我就是我"的狂妄情绪，变得和周围格格不入了。

"呀，城山君的妈妈！"

循着藤川的话回头看去，小隼吃了一惊，妈妈在教室后面，穿着出门穿的和服，笑容可掬。学校每个月有一次家长参观日，妈妈们会前来参观。不过这个月妈妈因为作法事不能来，和广田老师一说，老师说："告诉你妈妈什么时候都行，有空的时候请一定来。"

广田老师课上得好，深受好评，而且小隼的妈妈以前毕业于女子师范，当过小学老师，所以老师喜欢课后询问妈妈的想法。出于这样的原因，妈妈今天突然独自一人前来参观。今天的课是广田老师拿手的国语。

"麻烦了！"小隼焦躁不安。变得"偷奸耍滑"的小隼最近根本没有预习。即便不预习他也学得不错。数学自不必说，国语也是一样，毕竟小隼喜欢读书，买书的时候就已经把课本读了一遍。

国语课本中的新汉字写在栏外空白处，小隼只需看一遍，把不会读的字提前查一下就行，可是最近他连这都不做了。

"今天学第二十三课，《渔村》。"

听了老师的话，小隼迅速浏览了栏外的汉字。他的脸白了。打头的是个"磯"字，小隼不认识。他想从字面上推测，可是小隼生活在山区，难以理解与海相关的事物。

而且,接下来的汉字里面别的都还罢了,"岬"字却不认识。

"矢岛的岬已经看不见了。"

小隼开始琢磨,他觉得这句话说的是"矢岛的形状、姿态……",所以他想不到会是"海岬"。

"下面让大家来读,有谁能读请举手。"

"是!"随着老师的话音,读得好的孩子劲头十足地举起手。小隼也想举手,妈妈来了,老师一定会叫到自己的吧?那样一来会在"礁"字上卡住的。小隼故意把橡皮弄掉再去捡,装作好像无法举手又好像举手了的样子,搞得自己惨兮兮的。

接下来,又轮到"岬"字了,小隼着了慌,无法用心听老师讲课。若在往常,小隼可都是参观日的大明星。老师也经常点到紧跟自己的思路且反应敏捷的小隼,而且谁都回答不上来的时候他也能正确回答,所以小隼喜欢参观日,可是唯独今天狼狈不堪。小隼今天净出错,好不容易弄明白"岬"字的读音了,他又陷入沉思,心想:"'山'字旁加个'甲'好奇怪啊!有没有'山'字旁加'乙'

爱哭鬼小隼
泣き虫ハァちゃん

182

或者'丙'的汉字呢？"正想着，教室里突然安静下来。小隼猛一抬头，大家全都在看自己。好像被老师提问到了。

"老师，'山'字旁加上'甲'是'岬'，那么有没有'山'字旁加'乙'的汉字呢？"

"哈哈哈……"响起一阵哄堂大笑，老师也笑了，往后一看，连妈妈都在笑。看到妈妈的笑脸，小隼突然间觉得妈妈令人讨厌。

小隼一边顶着夹杂着雪粒的冷雨往家走，一边生妈妈的气。

"又不是参观日，干吗要一个人跑来嘛！"
他也生广田老师的气。

"干吗非要在人家提心吊胆的时候提问，让人家成为笑柄呢？"

小隼胡乱挥舞着撑起的伞，故意让雨淋湿。回到家后，小隼偎进被窝里，赌气睡下了。

妈妈和老师谈过之后，稍晚一些回到家里。"小隼！小隼！"妈妈喊，却没有人应声。虽然小隼睁着眼，却假在被窝里默不作声。

"小隼！小隼！"

妈妈喊他的声音里带着不安。妈妈担心起来，还以为小隼到什么地方去了呢。妈妈终于发现了赌气睡在被窝里的小隼，说："你怎么在这种地方？快出来！"

坐在妈妈面前，小隼依然在怄气，一副昏昏欲睡的样子。

"小隼，每个人都有犯糊涂的时候，你别太往心里去了。况且，妈妈十分清楚你很棒的。"

妈妈温柔地说。

"到了这会儿，何必用这么温柔的语气说话……首先，今天明明不是参观日，你大可不必一个人来的嘛！"

尽管没有说出口，小隼的心里却早已怒不可遏。"哼！"尽管如此，他依然回敬了一声。

"啪！"

一声巨响，还以为玻璃碎了，却并非如此。小隼有生以来第一次脸上挨了一个耳光。

在城山家里，爸爸有时候很严厉，却也不会动手打孩子们，妈妈就更不用说了。而且，处于哥哥们庇护下的小隼从来没有被别的孩子打过。这还是小隼有生以来第一次挨打。

"哇……"小隼放声大哭，情不自禁地把脸埋在妈妈的膝盖上。妈妈的膝头暖融融的。似乎以前也有过这样的事情呢！小隼一边想着一边扬起脸，他的目光和妈妈的目光撞到了一起。那是妈妈温柔的目光，而且妈妈的眼里也含着泪光。

"小隼，每个人都会遇到挫折呀！就算挫折再大也不能自暴自弃，你懂吗？不可以自暴自弃的呀！"

小隼已经不再自暴自弃了。非但如此，他还有种酣畅淋漓的感觉，仿佛刚才那"啪"的一声是冰块碎裂的声音。冰块碎裂，春天来了，就是那样的感觉。

想来，小学四年级对小隼来说或许是"寒冬时节"。平生第一次通信簿上得了个"乙"，他处于一种无以名状的不安和孤独之中，也许一不小心就会坠落到更加恐怖的世界里去。

爱哭鬼小隼
泣き虫ハァちゃん

186

　　然而，小隼感觉寒冬已去，春天已经到来。"那不是黄莺在歌唱吗？"小隼带着喜悦的心情，眺望着院子里的美景。

【小记】

河合嘉代子

这本《爱哭鬼小隼》成了我丈夫的临终遗作。平成十八年（二〇〇六年）八月，就在世界文化社发行的《家庭画报》连载本书期间，他因为脑梗死倒下了。尽管以前写好的部分随后已经刊载，却没能写完原定由他本人执笔的后续内容。病倒之后过了十一个月，他没能再次醒来，最终撒手人寰。这实在是太突然了。

我丈夫是一个不屑于追忆往昔的人，可他为何偏偏要写这本书呢？也许是他冥冥之中感到命运的不可捉摸吧？我想，这本《爱哭鬼小隼》或许是我丈夫的临终馈赠吧！

本书的背景是他自己的出生地兵库县丹波筱山。虽然故事是虚构的，但我认为，说它就是我丈夫儿时的回忆也未尝不可。我丈夫十分珍惜这段和父母、众多兄弟共同在筱山度过的美好记忆。

丈夫住院期间，我每天都去医院。在静谧的病房里，凝望着丈夫安然入睡的脸庞，我感觉我俩仿佛每天都在交谈中度过。尽管当时有很多人都说梦见过我丈夫，我却几乎从未梦到。我想，也许因为拥有了这段日子，所以他反而不会来我梦里吧？

丈夫住院期间，甚至时至今日，依然有很多人给我鼓励，支撑着我，令我不胜感激。

这本《爱哭鬼小隼》刊发的同时，我收到了谷川俊太郎先生饱含真情的诗作。我还受到世界文化社《家庭画报》编辑部负责连载的岛本公子小姐的悉心关照。此外，连载之时，冈田知子小姐为本书绘制了温馨的插图。谢谢你们。

最后，我要对体谅丈夫、体谅我们遗属，对本书的推

进而悉心工作的各位新潮社同仁表示衷心的感谢。

平成十九年十月

未来，属于终身学习者

我这辈子遇到的聪明人（来自各行各业的聪明人）没有不每天阅读的——没有，一个都没有。巴菲特读书之多，我读书之多，可能会让你感到吃惊。孩子们都笑话我。他们觉得我是一本长了两条腿的书。

——查理·芒格

互联网改变了信息连接的方式；指数型技术在迅速颠覆着现有的商业世界；人工智能已经开始抢占人类的工作岗位……

未来，到底需要什么样的人才？

改变命运唯一的策略是你要变成终身学习者。未来世界将不再需要单一的技能型人才，而是需要具备完善的知识结构、极强逻辑思考力和高感知力的复合型人才。优秀的人往往通过阅读建立足够强大的抽象思维能力，获得异于众人的思考和整合能力。未来，将属于终身学习者！而阅读必定和终身学习形影不离。

很多人读书，追求的是干货，寻求的是立刻行之有效的解决方案。其实这是一种留在舒适区的阅读方法。在这个充满不确定性的年代，答案不会简单地出现在书里，因为生活根本就没有标准确切的答案，你也不能期望过去的经验能解决未来的问题。

而真正的阅读，应该在书中与智者同行思考，借他们的视角看到世界的多元性，提出比答案更重要的好问题，在不确定的时代中领先起跑。

湛庐阅读App：与最聪明的人共同进化

有人常常把成本支出的焦点放在书价上，把读完一本书当作阅读的终结。其实不然。

时间是读者付出的最大阅读成本

怎么读是读者面临的最大阅读障碍

"读书破万卷"不仅仅在"万"，更重要的是在"破"！

现在，我们构建了全新的"湛庐阅读"App。它将成为你"破万卷"的新居所。在这里：

● 不用考虑读什么，你可以便捷找到纸书、电子书、有声书和各种声音产品；

● 你可以学会怎么读，你将发现集泛读、通读、精读于一体的阅读解决方案；

● 你会与作者、译者、专家、推荐人和阅读教练相遇，他们是优质思想的发源地；

● 你会与优秀的读者和终身学习者为伍，他们对阅读和学习有着持久的热情和源源不绝的内驱力。

从单一到复合，从知道到精通，从理解到创造，湛庐希望建立一个"与最聪明的人共同进化"的社区，成为人类先进思想交汇的聚集地，与你共同迎接未来。

与此同时，我们希望能够重新定义你的学习场景，让你随时随地收获有内容、有价值的思想，通过阅读实现终身学习。这是我们的使命和价值。

CHEERS

本书阅读资料包
给你便捷、高效、全面的阅读体验

本书参考资料

- ☑ 参考文献
  为了环保、节约纸张，本书注释与参考文献以电子版方式提供

- ☑ 主题书单
  编辑精心推荐的延伸阅读书单，助你开启主题式阅读

- ☑ 图片资料
  部分图片提供高清彩色原版大图，方便保存和分享

相关阅读服务

- ☑ 电子书
  便捷、高效，方便检索，易于携带，随时更新

- ☑ 有声书
  保护视力，随时随地，有温度、有情感地听本书

- ☑ 精读班
  2～4周，最懂这本书的人带你读完、读懂、读透这本好书

- ☑ 课　程
  课程权威专家给你开书单，带你快速概览一个领域的知识全貌

- ☑ 讲　书
  30分钟，大咖给你讲本书，让你挑书不费劲

湛庐编辑为您独家呈现
助您更好获得书里和书外的思想和智慧，请扫码查收！

(阅读资料包的内容因书而异，最终以湛庐阅读App页面为准)

CHEERS

以一本书为核心

遇见书里书外，更大的世界

有声书

随时随地，有温度、
有感情地听本书

精 读

2-4周，带你读完、
读懂、读透一本好书

讲 书

30分钟
大咖给你讲本书
让你挑书不费劲

课 程

权威专家带你快速概览
一个领域的知识全貌

纸质书

湛庐纸书一站购买
还有读者专享福利

电子书

最新最全的湛庐电子书
随时随地亲自阅读

延伸阅读

编辑精心制作的内容拓展
测试、视频、注释、参考文献
只为优化你的体验

专 题

主题式阅读书单
让你与更多好书相遇

图书在版编目（CIP）数据

爱哭鬼小隼/（日）河合隼雄著；蔡鸣雁译．—杭州：浙江人民出版社，2013.1（2021.3重印）

ISBN 978-7-213-05100-5

Ⅰ.①爱… Ⅱ.①河…②蔡… Ⅲ.①儿童故事–日本–现代 Ⅳ.① I313.85

中国版本图书馆 CIP 数据核字（2012）第 205837 号

浙江省版权局
著作权合同登记章
图字：11-2012-187号

本书法律顾问　　北京诚英律师事务所　吴京菁律师

　　　　　　　　北京市证信律师事务所　李云翔律师

爱哭鬼小隼

作　者：[日]河合隼雄　著

绘　者：[日]冈田知子　绘

译　者：蔡鸣雁　译

出版发行：浙江人民出版社（杭州体育场路347号　邮编　310006）

　　　　　市场部电话：（0571）85061682　85176516

集团网址：浙江出版联合集团　http://www.zjcb.com

责任编辑：徐江云

责任校对：朱晓阳

印　　刷：天津中印联印务有限公司

开　本：880 mm × 1230 mm 1/32	印　张：6.75
字　数：8.7 万	插　页：3
版　次：2013 年 1 月第 1 版	印　次：2021年3月第16次印刷

书　号：ISBN 978-7-213-05100-5

定　价：36.90 元